Interventions

DU MÊME AUTEUR

H. P. Lovecraft, Le Rocher, 1991.

Extension du domaine de la lutte, Maurice Nadeau, 1994 ; J'ai lu, 1997.

Le sens du combat, Flammarion, 1996.

Rester vivant suivi de *La poursuite du bonheur*, Flammarion, 1997.

Les particules élémentaires, Flammarion, 1998.

Michel Houellebecq

Interventions

Flammarion

ISBN : 2 08 067631-8

Isomorphe à l'homme, le roman devrait normalement pouvoir tout en contenir. C'est à tort par exemple qu'on s'imagine les êtres humains menant une existence purement matérielle. Parallèlement en quelque sorte à leur vie, ils ne cessent de se poser des questions qu'il faut bien – faute d'un meilleur terme – qualifier de *philosophiques*. J'ai observé ce trait dans toutes les classes de la société, y compris les plus humbles, et jusqu'aux plus élevées. La douleur physique, la maladie même, la faim sont incapables de faire taire totalement cette interrogation existentielle. Le phénomène m'a toujours troublé, et plus encore la méconnaissance qu'on en a ; cela contraste si vivement avec le réalisme cynique qui est de mode depuis quelques siècles, lorsqu'on souhaite parler de l'humanité.

Les « réflexions théoriques », par conséquent, m'apparaissent comme un matériau romanesque aussi bon qu'un autre, et meilleur que beaucoup d'autres. Il en est de même des discussions, des entretiens, des débats... Il en est encore plus évidemment de même de la critique littéraire, artistique ou musicale. Tout devrait au fond pouvoir se transformer en un livre unique, que l'on écrirait jusqu'aux approches de la mort ; ça me paraît une manière de vivre raisonnable, heureuse, et peut-être même envisageable en pratique – à peu de chose près. La seule chose en réalité qui me paraisse vraiment difficile à intégrer dans un roman, c'est la poésie. Je ne dis pas que ce soit impossible, je dis que ça me paraît très difficile. Il y a la poésie, il y a la vie ; entre les deux il y a des ressemblances, sans plus.

Le point commun le plus évident aux textes réunis ici, c'est qu'on m'a demandé de les écrire ; du moins, on m'a demandé d'écrire quelque chose. Ils ont donc été publiés, dans différents périodiques, puis sont devenus introuvables. Conformément à ce que je viens de dire, j'aurais pu envisager de les recycler dans un ouvrage plus vaste. J'ai essayé, mais je n'y suis que rarement parvenu ; pourtant, je continue à tenir à ces textes. C'est, en somme, la raison d'être de cette publication.

M.H.

JACQUES PRÉVERT EST UN CON

Cet article est paru dans le numéro 22 (juillet 1992) des Lettres françaises.

Jacques Prévert est quelqu'un dont on apprend des poèmes à l'école. Il en ressort qu'il aimait les fleurs, les oiseaux, les quartiers du vieux Paris, etc. L'amour lui paraissait s'épanouir dans une ambiance de liberté ; plus généralement, il était *plutôt pour* la liberté. Il portait une casquette et fumait des Gauloises ; on le confond parfois avec Jean Gabin ; d'ailleurs c'est lui qui a écrit le scénario de *Quai des brumes*, des *Portes de la nuit*, etc. Il a aussi écrit le scénario des *Enfants du paradis*, considéré comme son chef-d'œuvre. Tout cela fait beaucoup de bonnes raisons pour détester Jacques Prévert ; surtout si on lit les scénarios jamais tournés qu'Antonin Artaud écrivait à la même époque. Il est affligeant de constater que ce répugnant *réalisme poétique*, dont Prévert fut l'artisan principal, continue à faire des ravages, et qu'on pense faire un compliment à Leos Carax en l'y rattachant (de la même manière Rohmer serait sans doute un nouveau Guitry, etc.) Le cinéma français ne s'est en fait jamais relevé de l'avènement du parlant ; il finira par en crever, et ce n'est pas plus mal.

Après-guerre, à peu près à la même époque que Jean-Paul Sartre, Jacques Prévert a eu un succès énorme ; on est malgré soi frappé par l'optimisme de cette génération. Aujourd'hui, le penseur le plus influent, ce serait plutôt Cioran. À l'époque on écoutait Vian, Brassens... Amoureux qui se bécotent sur les bancs publics, baby-boom, construction massive de HLM pour loger tout ce monde-là. Beaucoup d'optimisme, de foi en l'avenir, et un peu de connerie. À l'évidence, nous sommes devenus beaucoup plus intelligents.

Avec les intellectuels, Prévert a eu moins de chance. Ses poèmes regorgent pourtant de ces jeux de mots stupides qui plaisent tellement chez Bobby Lapointe ; mais il est vrai que la chanson est comme on dit un *genre mineur*, et que l'intellectuel, lui aussi, doit se détendre. Quand on aborde le texte écrit, son vrai gagne-pain, il devient impitoyable. Et le « travail du texte », chez Prévert, reste embryonnaire : il écrit avec limpidité et un vrai naturel, parfois même avec émotion ; il ne s'intéresse ni à l'écriture, ni à l'impossibilité d'écrire ; sa grande source d'inspiration, ce serait plutôt la vie. Il a donc, pour l'essentiel, échappé aux thèses de troisième cycle. Aujourd'hui cependant il rentre à la Pléiade, ce qui constitue une seconde mort. Son œuvre est là, complète et figée. C'est une excellente occasion de s'interroger : pourquoi la poésie de Jacques Prévert est-elle si médiocre, à tel point qu'on éprouve parfois une sorte de honte à la lire ? L'explication classique (parce que son écriture « manque de rigueur ») est tout à fait fausse ; à travers ses jeux de mots, son rythme léger et limpide, Prévert exprime en réalité parfaitement sa conception du monde. La forme est cohérente avec le fond, ce qui est bien le maximum qu'on puisse exiger d'une forme. D'ailleurs quand un poète s'immerge à ce point dans la vie, dans la vie réelle de son époque, ce serait lui faire injure que de le juger suivant des critères purement stylistiques. Si Prévert écrit, c'est qu'il a quelque chose à dire ; c'est tout à son honneur. Malheureusement, ce qu'il a à dire est d'une stupidité sans bornes ; on en a parfois la nausée. Il y a de jolies filles nues, des bourgeois qui saignent comme des cochons quand on les égorge. Les enfants sont d'une immoralité sympathique, les voyous sont séduisants et virils, les jolies filles nues donnent leur corps aux voyous ; les bourgeois sont vieux, obèses, impuissants, décorés de la Légion d'honneur et leurs femmes sont frigides ; les curés sont de répugnantes vieilles chenilles qui ont inventé le péché pour nous empêcher de vivre. On connaît tout cela ; on peut préférer Baudelaire. Ou même Karl Marx, qui, au moins, ne se trompe pas de cible lorsqu'il écrit que « le triomphe de la bourgeoisie a noyé les frissons sacrés de l'extase religieuse, de l'enthousiasme chevaleresque et de la sentimentalité à quatre sous dans les eaux glacées du calcul égoïste [1] ». L'intelligence n'aide en rien à écrire de bons poèmes ; elle peut cependant éviter d'en écrire de mauvais. Si Jacques Prévert est un mauvais poète c'est avant tout parce que sa vision du monde est plate, superficielle et fausse. Elle était déjà fausse de son temps ; aujourd'hui sa nullité apparaît avec éclat, à tel point que l'œuvre entière semble le développement d'un gigantesque cliché. Sur le plan philosophique et politique, Jacques Prévert est avant tout un libertaire ; c'est-à-dire, fondamentalement, un imbécile.

Les « eaux glacées du calcul égoïste », nous y barbotons maintenant depuis notre plus tendre enfance. On peut s'en accommoder, essayer d'y survivre ; on peut aussi se laisser couler. Mais ce qu'il est impossible

1. *La lutte des classes en France.*

d'imaginer, c'est que la libération des puissances du désir soit à elle seule susceptible d'amener un réchauffement. L'anecdote veut que ce soit Robespierre qui ait insisté pour ajouter le mot « fraternité » à la devise de la République ; nous sommes aujourd'hui en mesure d'apprécier pleinement cette anecdote. Prévert se voyait certainement comme un partisan de la fraternité ; mais Robespierre n'était pas, loin de là, un adversaire de la vertu.

LE MIRAGE

de Jean-Claude Guiguet

Cet article est paru dans le numéro 27 (décembre 1992) des Lettres françaises.

Une famille de la bourgeoisie cultivée au bord du lac Léman. Musique classique, séquences brèves intensément dialoguées, plans de coupe sur le lac : tout cela peut donner une pénible impression de *déjà vu*. Le fait que la fille fasse de la peinture accentue notre inquiétude. Mais non, il ne s'agit pas du vingt-cinquième clone d'Éric Rohmer. Il s'agit, bizarrement, de bien plus.

Quand un film juxtapose constamment l'exaspérant et le magique, il est rare que le magique finisse par l'emporter ; c'est pourtant ce qui se produit ici. Les acteurs, assez approximatifs, ont bien du mal à interpréter un texte trop visiblement écrit, qui frôle parfois le ridicule. On dira qu'ils ne trouvent pas le ton juste ; ce n'est peut-être pas entièrement de leur faute. Quel est le ton juste pour une phrase telle que « Le beau temps est de la partie » ? Seule la mère, Louise Marleau, est parfaite de bout en bout, et c'est sans doute son magnifique monologue amoureux (une chose étonnante, au cinéma, le monologue amoureux) qui nous fait basculer dans une adhésion sans réserves. On peut bien pardonner certains dialogues douteux, certaines ponctuations musicales un peu lourdes ; tout cela passerait d'ailleurs inaperçu dans un film ordinaire.

À partir d'un thème d'une tragique simplicité (c'est le printemps et il fait beau ; une femme d'une cinquantaine d'années aspire à vivre une dernière passion charnelle ; mais si la nature est belle, elle est également cruelle), Jean-Claude Guiguet a pris le risque maximum : celui de la perfection formelle. Aussi loin de l'effet clip-pub que du réalisme crachotant, très loin également de l'expérimental arbitraire : il n'y a dans ce film d'autre recherche que celle de la beauté pure. Le découpage en séquences, classique, épuré, d'une tendre audace, trouve son exacte correspondance dans l'impeccable géométrie des cadrages. Tout cela précis, sobre, architecturé comme les facettes d'un diamant : une œuvre rare. Il est rare aussi de voir un film où la lumière s'accorde à la tonalité émotionnelle des scènes avec tant d'intelligence. L'éclairage et la décoration des scènes d'intérieur sont d'une justesse profonde, d'un tact infini ; ils restent à l'arrière-plan, comme un accompagnement orchestral discret et dense. Ce n'est que dans les scènes d'extérieur, dans ces prairies ensoleillées qui bordent le lac, que la lumière fait irruption, vient jouer un rôle central ; et cela aussi est parfaitement conforme au propos du film. Luminosité charnelle et terrible des visages. Masque chatoyant de la nature, qui dissimule on le sait bien un grouillement sordide, masque impossible à arracher cependant : jamais, soit dit en passant, l'esprit de Thomas Mann n'a été saisi avec une telle profondeur. Nous n'avons rien de bon à attendre du soleil ; mais les êtres humains peuvent peut-être, dans une certaine mesure, arriver à s'aimer. Je ne me souviens pas d'avoir entendu une mère dire : « Je t'aime » à sa fille de manière aussi convaincante ; dans aucun film, jamais.

Avec violence, avec nostalgie, presque avec douleur, *Le mirage* se veut un film cultivé, un film *européen* ; et bizarrement il y parvient, joignant une profondeur, un sens de la fissure authentiquement germaniques à une luminosité, une clarté classique de l'exposition profondément françaises. Un film rare, vraiment.

LE REGARD PERDU

éloge du cinéma muet

Cet article est paru dans le numéro 32 (mai 1993) des Lettres françaises.

L'être humain parle ; parfois, il ne parle pas. Menacé il se contracte, ses regards fouillent rapidement l'espace ; désespéré il se replie, s'enroule sur un centre d'angoisse. Heureux, sa respiration se ralentit ; il existe sur un rythme plus ample. Il a existé dans l'histoire du monde deux arts (la peinture, la sculpture) qui ont tenté de synthétiser l'expérience humaine au moyen de représentations figées ; de mouvements arrêtés. Ils ont parfois choisi d'arrêter le mouvement à son point d'équilibre, de plus grande douceur (à son point d'éternité) : toutes les Vierges à l'Enfant. Ils ont parfois choisi de figer l'action à son point de plus grande tension, d'expressivité la plus intense – le baroque, bien sûr ; mais, aussi, tant de tableaux de Friedrich évoquent une explosion gelée. Ils se sont développés pendant plusieurs millénaires ; ils ont eu la possibilité de produire des œuvres achevées dans le sens de leur ambition la plus secrète : arrêter le temps.

Il a existé dans l'histoire du monde un art dont l'objet était l'étude du mouvement. Cet art a pu se développer pendant une trentaine d'années. Entre 1925 et 1930 il a produit quelques plans, dans quelques films (je pense surtout à Murnau, Eisenstein, Dreyer) qui justifiaient son existence en tant qu'art; puis il a disparu, apparemment à tout jamais.

Les choucas émettent des signes d'alerte et de reconnaissance mutuelle; on a pu dénombrer plus de soixante signes. Les choucas restent une exception : pris dans son ensemble, le monde fonctionne dans un silence terrible; il exprime son essence par la forme et le mouvement. Le vent court dans les herbes (Eisenstein); une larme coule le long d'un visage (Dreyer). Le cinéma muet voyait s'ouvrir devant lui un espace immense : il n'était pas seulement une enquête sur les sentiments humains; pas seulement une enquête sur les mouvements du monde; son ambition la plus profonde était de constituer une enquête sur les conditions de la perception. La distinction entre fond et figure constitue la base de nos représentations; mais aussi, plus mystérieusement, entre la figure et le mouvement, entre la forme et son processus d'engendrement, notre esprit cherche sa voie dans le monde – d'où cette sensation quasi hypnotique qui nous envahit devant une forme fixe engendrée par un mouvement perpétuel, telles les ondulations stationnaires à la surface d'une mare.

Qu'en est-il resté après 1930 ? Quelques traces, surtout dans les œuvres des cinéastes qui ont commencé à travailler au temps du muet (la mort de Kurosawa sera plus que la mort d'un homme); quelques instants dans des films expérimentaux, des documentaires scientifiques, voire des productions de série (*Australia*, sorti voici quelques années, en est un exemple). Ces instants sont faciles à reconnaître : toute parole y est impossible; la musique elle-même y acquiert quelque chose d'un peu kitsch, un peu lourd, un peu vulgaire. Nous devenons pure perception ; le monde apparaît dans son immanence. Nous sommes très heureux, d'un bonheur bizarre. Tomber amoureux peut également produire ce genre d'effets.

L'ABSURDITÉ CRÉATRICE

Théoricien de la poésie, Jean Cohen est l'auteur de deux ouvrages : Structure du langage poétique *(Flammarion/Champs, 1966) et* Le haut langage *(Flammarion, 1979). Le second a été réédité chez José Corti en 1995, peu après la mort de l'auteur. Cet article est paru dans* Les Inrockuptibles *(numéro 13) à l'occasion de la réédition.*

Structure du langage poétique satisfait aux critères de sérieux de l'Université ; ce n'est pas forcément une critique. Jean Cohen y observe que par rapport au langage prosaïque, ordinaire, celui qui sert à transmettre des informations, la poésie se permet des écarts considérables. Elle utilise constamment des épithètes non pertinentes (« crépuscules blancs », Mallarmé ; « noirs parfums », Rimbaud). Elle ne résiste pas au plaisir de l'évidence (« Ne le déchirez pas avec vos deux mains blanches », Verlaine ; l'esprit prosaïque ricane : en aurait-elle trois ?). Elle ne recule pas devant une certaine inconséquence (« Ruth songeait et Booz rêvait ; l'herbe était noire », Hugo ; deux notations juxtaposées, souligne Cohen, dont on voit mal l'unité logique). Elle se complaît avec délices dans la redondance, proscrite en prose sous le nom de *répétition* ; un cas limite en serait le poème de Garcia Lorca, *Llanto por Ignacio Sanchez Mejias*, où les mots *cinco de la tarde* reviennent trente fois dans les cinquante-deux premiers vers. Pour établir sa thèse, l'auteur se livre à une analyse statistique comparative de textes poétiques et de textes en prose (le summum du prosaïque étant pour lui – et c'est très significatif – les écrits des grands scientifiques de la fin du

XIXe siècle : Pasteur, Claude Bernard, Marcelin Berthelot). La même méthode lui permet de constater que l'ampleur de l'écart poétique est beaucoup plus forte chez les romantiques que chez les classiques, et augmente encore chez les symbolistes. Intuitivement, on s'en doutait un peu ; il est quand même agréable de le voir établi avec une telle clarté. Le livre achevé, on est certain d'une chose : l'auteur a en effet repéré certaines déviances caractéristiques de la poésie ; mais à quoi tendent toutes ces déviances ? Quel est leur but, si elles en ont un ?

Après plusieurs semaines de traversée, on avisa Christophe Colomb que la moitié des vivres étaient épuisées ; aucun signe n'indiquait l'approche d'une terre. C'est à ce moment précis que son aventure bascule dans l'héroïque : au moment où il décide de continuer vers l'Ouest en sachant qu'il n'a plus, humainement, aucune possibilité de retour. Dès l'introduction du *Haut langage*, Jean Cohen abat son jeu : sur la question de la nature de la poésie, il va s'écarter de l'ensemble des théories existantes. Ce qui fait la poésie, nous dit-il, ce n'est pas l'adjonction à la prose d'une certaine musique (comme on l'a longtemps cru du temps que tout poème se devait d'être en vers) ; ce n'est pas davantage l'adjonction à la signification explicite d'une signification sous-jacente (interprétations marxiste, freudienne, etc.) Ce n'est même pas la multiplication des significations secrètes cachées sous la signification première (théorie polysémique). En résumé, la poésie n'est pas la prose plus autre chose : elle n'est pas plus que la prose, elle est *autre. Structure du langage poétique* s'achevait sur un constat : la poésie s'écarte du langage usuel, et elle s'en écarte de plus en plus. Une théorie vient alors naturellement à l'esprit : le but de la poésie est d'établir une déviation maximale, de briser, de déconstruire tous les codes de communication existants. Cette théorie, Jean Cohen la rejette également ; tout langage, assure-t-il, assume une fonction d'intersubjectivité, et le langage poétique n'échappe pas à cette règle : la poésie parle autrement du monde, mais elle parle bel et bien du monde, tel que les hommes le perçoivent. C'est exactement à ce point qu'il prend un risque considérable : car si les stratégies déviantes de la poésie ne sont pas à elles-mêmes leur propre but, si la poésie est vraiment plus qu'une recherche ou un jeu sur le langage, si elle vise vraiment à établir une parole différente sur la même réalité, alors on a affaire à deux visions du monde, irréductibles.

La marquise sortit à cinq heures dix-sept ; elle aurait pu sortir à six heures trente-deux ; elle aurait pu être duchesse, et sortir à la même heure. La molécule d'eau se compose de deux atomes d'hydrogène et d'un atome d'oxygène. Le volume des transactions financières a considérablement augmenté en 1995. Pour se libérer de l'attraction terrestre, une fusée doit développer une poussée au décollage directement proportionnelle à sa masse. Le langage prosaïque organise des réflexions, des arguments, des faits ; au fond, il organise surtout des faits. Des événements arbitraires, mais décrits avec une grande précision, s'entrecroisent dans un espace et un temps neutres. Tout aspect qualitatif ou émotif disparaît de notre vision du monde. C'est la réalisation parfaite de la sentence de Démocrite : « Le doux et l'amer, le chaud et le froid, la couleur ne sont que des opinions ; il n'y a de vrai que les atomes et le vide. » Texte d'une beauté réelle mais restreinte, qui évoque irrésistiblement la fameuse *écriture Minuit*, dont l'influence se poursuit depuis une quarantaine d'années, justement parce qu'elle correspond à une métaphysique démocritéenne restée largement majoritaire ; tellement majoritaire qu'elle est parfois confondue avec le programme scientifique dans son ensemble, alors que celui-ci n'a conclu avec elle qu'une alliance de circonstance – même si cette alliance a duré plusieurs siècles – destinée à lutter contre la pensée religieuse.

« Quand le ciel bas et lourd pèse comme un couvercle... ». Ce vers terriblement *chargé*, comme tant de vers de Baudelaire, vise à tout autre chose que transmettre une information. Ce n'est pas seulement le ciel, c'est le monde entier, l'être de celui qui parle, l'âme de celui qui écoute qui sont investis par une tonalité d'angoisse et d'oppression. La poésie se produit ; la signification pathétique envahit le monde.

La poésie selon Jean Cohen vise à produire un discours foncièrement a-logique, où toute possibilité de négation est suspendue. Pour le langage qui informe, ce qui est pourrait ne pas être, ou bien être autrement, ailleurs, ou dans un autre temps. Les déviances poétiques visent au contraire à créer un « effet d'illimitation », où le champ de l'affirmation envahit l'ensemble du monde, sans laisser subsister l'en-dehors de la contradiction. Ceci rapproche le poème de manifestations plus primitives telles que la lamentation, ou le hurlement. Le registre est il est vrai considérablement étendu ; mais les mots sont au fond de même nature que le cri. Dans la poésie ils se mettent à vibrer, ils retrouvent leur vibration originelle ; mais cette vibration n'est pas seulement musicale. À travers les mots, c'est la réalité qu'ils désignent qui retrouve son pouvoir d'horreur ou d'enchantement, son pathos premier. L'azur est une expérience immédiate. De même, quand la clarté du jour décline, que les objets perdent leurs couleurs et leurs contours, se fondent lentement dans un gris qui s'assombrit, l'homme se sent seul au monde. Ceci était vrai dès ses premiers jours sur terre, ceci était vrai avant même qu'il ne soit homme ; ceci est beaucoup plus ancien que le langage. Ces perceptions bouleversantes, la poésie cherche à les retrouver ; elle utilise bien sûr le langage, le « signifiant » ; mais le langage n'est pour elle qu'un moyen. Théorie que Jean Cohen résume par cette phrase : « La poésie est le chant du signifié. »

On comprend alors qu'il en arrive à développer une autre thèse : certains modes de perception du monde sont en eux-mêmes poétiques. Tout ce qui contribue à dissoudre les limites, à faire du monde un tout homogène et mal différencié sera empreint de puissance poétique (il en est ainsi de la brume, ou du crépuscule). Certains objets ont un impact poétique, non en tant qu'objets, mais parce qu'en fissurant par leur seule présence la délimitation de l'espace et du temps ils induisent un état psychologique particulier (et il faut reconnaître que ses analyses sur l'océan, la ruine, le navire sont troublantes). La poésie n'est pas seulement un autre langage ; c'est un autre regard. Une manière de voir le monde, tous les objets du monde (les autoroutes comme les serpents, les fleurs comme les parkings). À ce stade du livre, la poétique de Jean Cohen n'appartient plus du tout à la linguistique ; elle se rattache directement à la philosophie.

Toute perception s'organise sur une double différence : entre l'objet et le sujet, entre l'objet et le monde. La netteté avec laquelle ces distinctions sont envisagées a des implications philosophiques profondes, et c'est sans arbitraire qu'on peut distribuer les métaphysiques existantes le long de ces deux axes. La poésie selon Jean Cohen opère une dissolution générale des repères : objet, sujet, monde se confondent dans une même ambiance pathétique et lyrique. La métaphysique de Démocrite, à l'opposé, porte ces deux distinctions à leur maximum de clarté (une clarté aveuglante, celle du soleil sur des pierres blanches, un après-midi d'août : « Il n'est rien d'autre que les atomes et le vide »).

En principe la cause semble entendue, et la poésie condamnée – sympathique résidu d'une mentalité prélogique, celle du primitif ou de l'enfant. Le problème est que la métaphysique de Démocrite est fausse. Précisons : elle n'est plus compatible avec les données de la physique du XXe siècle. En effet, la mécanique quantique invalide toute possibilité d'une métaphysique matérialiste, et conduit à revoir de fond en comble les distinctions entre l'objet, le sujet et le monde.

Dès 1927, Niels Bohr est conduit à proposer ce qu'on a appelé « l'interprétation de Copenhague ». Produit d'un compromis laborieux et parfois tragique, l'interprétation de Copenhague insiste sur les instruments, les protocoles de mesure. Donnant son plein sens au principe d'incertitude de Heisenberg, elle établit l'acte de connaissance sur de nouvelles bases : s'il est impossible de mesurer simultanément tous les paramètres d'un système physique avec précision, ce n'est pas simplement qu'ils sont « perturbés par la mesure » ; c'est, plus profondément, qu'ils n'existent pas indépendamment d'elle. Parler de leur état antécédent n'a donc aucun sens. L'interprétation de Copenhague libère l'acte scientifique en posant le couple observateur-observé en lieu et place d'un hypothétique monde réel ; elle permet de refonder la science dans toute sa généralité en tant que moyen de communication entre les hommes sur « ce que nous avons observé, ce que nous avons appris » – pour reprendre les termes de Bohr.

Dans l'ensemble, les physiciens de ce siècle sont restés fidèles à l'interprétation de Copenhague ; ce qui n'est pas une position très confortable. Bien sûr, dans la pratique quotidienne de la recherche, le meilleur moyen de progresser est de s'en tenir à une approche positiviste dure, qui peut se résumer ainsi : « Nous nous contentons de réunir des observations, observations humaines, et de les corréler par des lois. L'idée de réalité n'est pas scientifique, elle ne nous intéresse pas. » Mais il doit quand même être désagréable, parfois, de se rendre compte que la théorie qu'on est en train de produire est absolument informulable en langage clair.

C'est à ce point qu'on voit s'esquisser d'étranges rapprochements. Depuis longtemps j'ai été frappé de constater que les théoriciens de la physique, une fois sortis des décompositions spectrales, espaces de Hilbert, opérateurs de Hermite, etc., qui constituent l'ordinaire de leurs publications, rendent chaque fois qu'on les interroge un hommage appuyé au langage poétique. Pas au roman policier, ni à la musique sérielle : non, ce qui les intéresse et les trouble, c'est spécifiquement la poésie. Avant d'avoir lu Jean Cohen, je ne voyais absolument pas pourquoi ; en découvrant sa poétique, j'ai pris conscience que, décidément, quelque chose était en train de se passer ; et que ce quelque chose n'était pas sans rapport avec les propositions de Niels Bohr.

Dans l'ambiance de catastrophe conceptuelle produite par les premières découvertes quantiques, on a parfois suggéré qu'il serait opportun de créer un nouveau langage, une nouvelle logique, ou les deux. Clairement, le langage et la logique anciennes se prêtaient mal à la représentation de l'univers quantique. Pourtant, Bohr était réticent. La poésie, soulignait-il, prouve que l'utilisation fine et partiellement contradictoire du langage usuel permet de dépasser ses limitations. Le principe de complémentarité introduit par Bohr est une sorte de *gestion fine* de la contradiction : des points de vue complémentaires sont simultanément introduits sur le monde ; chacun d'entre eux, pris isolément, peut être exprimé sans ambiguïté en langage clair ; chacun d'entre eux, pris isolément, est faux. Leur présence conjointe crée une situation nouvelle, inconfortable pour la raison ; mais c'est uniquement à travers ce malaise conceptuel que nous pouvons accéder à une représentation correcte du monde. Parallèlement, Jean Cohen affirme que l'utilisation absurde que la poésie fait du langage n'est pas à elle-même son propre but. La poésie brise la chaîne des causes et joue constamment avec la puissance explosive de l'absurde ; mais elle n'est pas l'absurdité. Elle est l'absurdité rendue créatrice ; créatrice d'un sens autre, étrange mais immédiat, illimité, émotionnel.

ENTRETIEN AVEC JEAN-YVES JOUANNAIS ET CHRISTOPHE DUCHATELET

*Cet entretien est paru dans le numéro 199 (février 1995) d'*Art Press.

Qu'est-ce qui fait que ces quelques ouvrages dont tu es l'auteur, de l'essai sur Lovecraft à ce dernier roman Extension du domaine de la lutte*, en passant par* Rester vivant *et le recueil de poèmes* La poursuite du bonheur, *constituent une œuvre ? Quelle est l'unité ou la ligne directrice, obsessionnelle, de celle-ci ?*

Avant tout, je crois, l'intuition que l'univers est basé sur la séparation, la souffrance et le mal ; la décision de décrire cet état de choses, et peut-être de le dépasser. La question des moyens – littéraires ou non – est seconde. L'acte initial c'est le refus radical du monde tel quel ; c'est aussi l'adhésion aux notions de bien et de mal. La volonté de creuser ces notions, de délimiter leur empire, y compris à l'intérieur de moi. Ensuite, la littérature doit suivre. Le style peut être varié ; c'est une question de rythme interne, d'état personnel. Je ne m'inquiète pas trop des questions de cohérence ; il me semble que cela viendra de soi-même.

Extension du domaine de la lutte *est ton premier roman. Qu'est-ce qui a motivé ce choix, après un recueil de poèmes ?*

J'aimerais qu'il n'y ait aucune différence. Un recueil de poèmes devrait pouvoir être lu d'une traite, du début à la fin. De même, un roman devrait pouvoir s'ouvrir à n'importe quelle page, et être lu indépendamment du contexte. Le contexte n'existe pas. Il est bon de se méfier du roman ; il ne faut pas se laisser piéger par l'histoire ; ni par le ton, ni par le style. De même, dans la vie quotidienne, il faut éviter de se laisser piéger par sa propre histoire – ou, plus insidieusement, par la personnalité qu'on imagine être la sienne. Il faudrait conquérir une certaine liberté lyrique ; un roman idéal devrait pouvoir comporter des passages versifiés, ou chantés.

Il pourrait aussi comporter des diagrammes scientifiques.

Oui, ce serait parfait. Il faudrait pouvoir tout mettre. Novalis, les romantiques allemands en général entendaient parvenir à une connaissance totale. C'était une erreur que de renoncer à cette ambition. Nous nous agitons comme des mouches écrasées ; il n'empêche que nous avons vocation à une connaissance totale.

À l'évidence, tous tes écrits s'avèrent empreints d'un terrible pessimisme. Pourrais-tu évoquer deux ou trois raisons susceptibles, selon toi, de repousser l'échéance du suicide ?

Kant a nettement condamné le suicide en 1783 dans ses *Fondements de la doctrine de la vertu.* Je le cite : « Anéantir en sa propre personne le sujet de la moralité, c'est chasser du monde, autant qu'il dépend de soi, la moralité. » L'argument paraît naïf et presque pathétique dans son innocence, comme souvent chez Kant ; je crois cependant que c'est le seul. Il n'y a que le sens du devoir qui puisse réellement nous maintenir en vie. Concrètement, si l'on souhaite se doter d'un devoir pratique, on doit faire en sorte que le bonheur d'un autre être dépende de votre existence ; on peut par exemple essayer d'élever un enfant jeune, ou à défaut acheter un caniche.

Peux-tu nous parler de cette théorie sociologique selon laquelle le combat pour la réussite sociale propre au capitalisme se voit doublé d'une lutte plus perfide et brutale, sexuelle celle-ci ?

C'est très simple. Les sociétés animales et humaines mettent en place différents systèmes de différenciation hiérarchique, qui peuvent être basés sur la naissance (système aristocratique), la fortune, la beauté, la force physique, l'intelligence, le talent... Tous ces critères me paraissent d'ailleurs à peu près également méprisables ; je les refuse ; la seule supériorité que je reconnaisse, c'est la bonté. Actuellement, nous nous déplaçons dans un système à deux dimensions : l'attractivité érotique et l'argent. Le reste, le bonheur et le malheur des gens, en découle. Pour moi, il ne s'agit nullement d'une théorie : nous vivons effectivement dans une société simple, dont ces quelques phrases suffisent à donner une description complète.

L'une des scènes les plus violentes du roman se situe dans une boîte de nuit de la côte vendéenne. S'y déroulent des scènes de séduction avortées, des bides causes de ressentiment et d'amertume, des rencontres purement sexuelles. Or, ce lieu apparaît dans tes textes comme l'équivalent du supermarché. Est-ce qu'on y consomme de la même manière ?

Non. On pourrait tracer un parallèle entre les promotions sur les poulets et les mini-jupes ; mais l'analogie s'arrête là : à la mise en valeur de l'offre. Le supermarché est l'authentique paradis moderne ; la lutte s'arrête à sa porte. Les pauvres, par exemple, n'y entrent pas. On a gagné de l'argent par ailleurs ; maintenant on va le dépenser, en présence d'une offre innovante et variée, souvent fiable sur le plan gustatif et bien documentée du point de vue nutritionnel. Les boîtes de nuit offrent un tableau tout différent. Beaucoup de frustrés continuent – contre toute espérance – à les fréquenter. Ils ont ainsi l'occasion de vérifier, minute après minute, leur propre humiliation ; nous sommes ici beaucoup plus proches de l'enfer. Il existe ceci dit des supermarchés du sexe, qui produisent un catalogue assez complet de l'offre porno ; mais l'essentiel leur manque. En effet le but majoritaire de la quête sexuelle n'est pas le plaisir, mais la gratification narcissique, l'hommage rendu par des partenaires désirables à sa propre excellence érotique. C'est d'ailleurs pour cela que le sida n'a pas changé grand-chose ; le préservatif diminue le plaisir, mais le but recherché n'est pas, contrairement au cas des produits alimentaires, le plaisir : c'est l'ivresse narcissique de la conquête. Non seulement le consommateur porno n'éprouve pas cette ivresse, mais il éprouve souvent un sentiment opposé. Enfin on peut ajouter, pour être complet, que certains êtres porteurs de valeurs déviantes continuent à associer la sexualité et l'amour.

Peux-tu nous parler de cet ingénieur en informatique, celui que tu nommes « l'homme réseau » ? À quoi ce type de personnage renvoie-t-il dans notre réalité contemporaine ?

Il faut bien se rendre compte que les objets manufacturés du monde – béton armé, lampes électriques, rames de métro, mouchoirs – sont actuellement conçus et fabriqués par une petite classe d'ingénieurs et de techniciens, capables d'imaginer, puis de mettre en œuvre les appareillages appropriés ; eux seuls sont réellement productifs. Ils représentent peut-être 5 % de la population active – et ce pourcentage est en constante diminution. Les autres personnels de l'entreprise – commerciaux, publicitaires, employés de bureau, cadres administratifs, stylistes – ont une utilité sociale beaucoup moins évidente : ils pourraient disparaître sans que le processus de production en soit réellement affecté. Leur rôle apparent consiste à produire et manipuler différentes classes d'information, c'est-à-dire différents décalques d'une réalité qui leur échappe. C'est dans ce contexte qu'on peut situer l'explosion actuelle des réseaux de transmission de l'information. Une poignée de techniciens – au maximum cinq mille personnes en France – ont en charge la définition des protocoles et la réalisation des appareillages devant permettre dans les prochaines décennies le transport instantané à l'échelle mondiale de toute catégorie d'information – texte, son, image, éventuellement stimuli tactiles et électrochimiques. Parmi eux, certains développent un discours positif sur leur propre pratique, selon lequel l'humain, conçu comme centre producteur et transformateur d'information, ne trouvera sa pleine dimension qu'à travers l'interconnexion avec un maximum de centres analogues. La plupart, cependant, ne développent aucun discours ; ils se contentent de faire leur travail. Ils réalisent ainsi pleinement l'idéal technicien qui pilote le mouvement historique des sociétés occidentales depuis la fin du Moyen Âge, et qui peut se résumer en une phrase : « Si c'est techniquement réalisable, ce sera techniquement réalisé. »

Une première lecture psychologique peut être faite de ton récit, mais c'est son caractère sociologique qui marque après coup. S'agirait-il d'une œuvre à l'ambition moins littéraire que scientifique ?

Ce serait quand même beaucoup dire. Adolescent, j'étais en effet fasciné par les sciences – en particulier par les nouveaux concepts développés en mécanique quantique ; mais je n'ai pas encore vraiment abordé ces questions dans mes écrits ; les conditions réelles de survie dans le monde m'ont sans doute trop accaparé. Je suis quand même un peu surpris quand on me dit que j'effectue des portraits psychologiques réussis d'individus, de personnages : c'est peut-être vrai, mais d'un autre côté j'ai souvent l'impression que les individus sont à peu près identiques, que ce qu'ils appellent leur moi n'existe pas vraiment, et qu'il serait en un sens plus facile de définir un mouvement historique. Il y a peut-être là les prémices d'une complémentarité à la Niels Bohr : onde et particule, position et vitesse, individu et histoire. Sur un plan plus littéraire, je ressens vivement la nécessité de deux approches complémentaires : le pathétique et le clinique. D'un côté la dissection, l'analyse à froid, l'humour ; de l'autre la participation émotive et lyrique, d'un lyrisme immédiat.

Malgré le choix du genre romanesque, tu sembles te référer naturellement à la poésie.

La poésie est le moyen le plus naturel de traduire l'intuition pure d'un instant. Il y a vraiment un noyau d'intuition pure, qui peut être directement traduit en images ou en mots. Tant qu'on demeure dans la poésie, on demeure également dans la vérité. C'est ensuite que les problèmes commencent : quand il s'agit d'organiser ces fragments, d'établir une continuité à la fois sensée et musicale. Là, l'expérience du montage m'a probablement beaucoup aidé.

Avant d'écrire, tu as en effet réalisé quelques courts-métrages. Quelles étaient tes influences ? Et quel lien ces images entretiennent-elles avec ta littérature ?

J'aimais beaucoup Murnau et Dreyer ; j'aimais aussi tout ce qu'on a appelé l'expressionnisme allemand – encore que la référence picturale majeure de ces films soit sans doute le romantisme, plus que l'expressionnisme. Il y a une étude de l'immobilité fascinée, que j'ai tenté de transcrire en images, puis en mots. Il y a aussi autre chose, profond chez moi, une sorte de sentiment océanique. Je n'ai pas réussi à le transcrire en films ; je n'ai même pas vraiment eu l'occasion d'essayer. En mots j'ai peut-être parfois réussi, dans certains poèmes. Mais il faudra sûrement, un jour ou l'autre, que je revienne aux images.

Serait-il par exemple envisageable d'adapter ton roman au cinéma ?

Oui, tout à fait. C'est au fond un scénario assez proche de *Taxi Driver* ; mais il faut changer tout le visuel. Rien à voir avec New York : le décor du film serait surtout composé de verre, d'acier, de surfaces réfléchissantes. Des bureaux paysagers, des écrans ; un univers de ville nouvelle, traversé par une circulation efficace et réussie. En même temps, la sexualité dans ce livre est une succession de ratages. Il faudrait surtout éviter toute magnification érotique ; filmer l'épuisement, la masturbation, le vomissement. Mais tout cela dans un monde transparent, bariolé et gai. On pourrait aussi, pour le coup, introduire des diagrammes et des représentations graphiques : taux d'hormones sexuelles dans le sang, salaire en kilofrancs... Il ne faut pas hésiter à être théorique ; il faut attaquer sur tous les fronts. La surinjection de théorie produit un dynamisme étrange.

Tu décris souvent ton pessimisme comme devant n'être qu'une étape. Qu'est-ce qui peut venir après ?

J'aimerais bien échapper à la présence obsessionnelle du monde moderne ; rejoindre un univers à la *Mary Poppins*, où tout serait bien. Je ne sais pas si j'y parviendrai. Sur l'évolution générale des choses, il est également difficile de se prononcer. Compte tenu du système socio-économique mis en place, compte tenu surtout de nos présupposés philosophiques, il est visible que l'humain se précipite vers une catastrophe à brève échéance, et dans des conditions atroces ; nous y sommes déjà. La conséquence logique de l'individualisme c'est le meurtre, et le malheur. L'enthousiasme qui nous anime dans cette perte est remarquable ; vraiment très curieux. Il est par exemple étonnant de voir avec quelle insouciance joyeuse on vient d'évacuer la psychanalyse – qui c'est vrai le méritait bien – pour la remplacer par une lecture réductionniste de l'humain à base d'hormones et de neuromédiateurs. La dissolution progressive au fil des siècles des structures sociales et familiales, la tendance croissante des individus à se percevoir comme des particules isolées, soumises à la loi des chocs, agrégats provisoires de particules plus petites... tout cela rend bien sûr inapplicable la moindre solution politique. Il est donc légitime de commencer par déblayer les sources d'optimisme creux. En revenant à une analyse plus philosophique des choses, on se rend compte que la situation est encore plus étrange qu'on le croyait. Nous avançons vers le désastre, guidés par une image fausse du monde ; et personne ne le sait. Les neurochimistes eux-mêmes ne semblent pas se rendre compte que leur discipline avance sur un terrain miné. Tôt ou tard, ils aborderont les bases moléculaires de la conscience ; ils se heurteront alors de plein fouet aux modes de pensée issus de la physique quantique. Nous n'échapperons pas à une redéfinition des conditions de la connaissance, de la notion même de réalité ; il faudrait dès maintenant en prendre conscience sur un plan affectif. En tout cas, tant que nous resterons dans une vision mécaniste et individualiste du monde, nous mourrons. Il ne me paraît pas judicieux de demeurer plus longtemps dans la souffrance et dans le mal. Cela fait cinq siècles que l'idée du moi occupe le terrain ; il est temps de bifurquer.

LETTRE À LAKIS PROGUIDIS

Dans le numéro 9 de L'atelier du roman, *Lakis Proguidis s'interrogeait sur les rapports entre la poésie et le roman, en particulier à travers mes écrits. Cette « réponse » est parue dans le numéro 10 (printemps 1997).*

Mon cher Lakis,

Depuis que nous nous connaissons, je te sens troublé par cet attachement bizarre (compulsif ? masochiste ?) que je manifeste à intervalles réguliers pour la poésie. Tu en pressens naturellement les inconvénients : inquiétude des éditeurs, ahurissement de la critique ; ajoutons pour être complet que, depuis que j'ai connu un succès de romancier, j'énerve les poètes. Face à une manie poursuivie avec tant d'obstination, légitimement, tu t'interroges ; cette interrogation a fini par donner naissance à un article paru dans le numéro 9 de *L'atelier du roman*. Disons-le tout net : j'ai été frappé par le sérieux et la profondeur de cet article. Après l'avoir lu, j'ai senti qu'il devenait difficile de me dérober plus longtemps ; qu'il fallait, à mon tour, que j'essaie de m'expliquer avec les questions que tu me poses.

L'idée d'une histoire littéraire séparée de l'histoire humaine globale me paraît très peu opérante (et j'ajouterai que la démocratisation du savoir la rend de plus en plus artificielle). Ce n'est donc nullement par provocation ni par caprice que je ferai appel, dans ce qui va suivre, à des champs extra-littéraires du savoir. Sans nul doute le XXe siècle restera comme l'âge du triomphe dans l'esprit du grand public d'une explication scientifique du monde, supposée par lui associée à une ontologie matérialiste et au principe de déterminisme local. C'est ainsi par exemple que l'explication des comportements humains par une liste brève de paramètres numériques (pour l'essentiel, des concentrations d'hormones et de neuromédiateurs) gagne chaque jour du terrain. En ces matières, le romancier fait de toute évidence partie du grand public. La construction d'un personnage romanesque devra donc, s'il est honnête, lui apparaître comme un exercice un peu formel et vain ; somme toute, une fiche technique serait bien suffisante. C'est pénible à dire, mais la notion de personnage romanesque me paraît présupposer l'existence peut-être pas d'une âme, mais au moins d'une certaine *profondeur psychologique*. On doit au minimum convenir que l'exploration progressive d'une psychologie fut longtemps considérée comme l'une des spécialités du romancier, et que cette réduction radicale de ses pouvoirs ne peut que l'amener à une certaine hésitation sur le bien-fondé de ses pratiques.

Peut-être plus grave encore : comme le montrent éloquemment les exemples de Dostoïevski ou de Thomas Mann, le roman est un lieu naturel pour l'expression de débats ou de déchirements philosophiques. C'est un euphémisme de dire que le triomphe du scientisme restreint dangereusement l'espace de ces débats ; l'ampleur de ces déchirements. Lorsqu'ils souhaitent un éclaircissement sur la nature du monde, nos contemporains ne se tournent plus vers les philosophes ou les penseurs issus des « sciences humaines », qu'ils considèrent le plus souvent comme d'anodins guignols ; ils se plongent dans Stephen Hawking, dans Jean-Didier Vincent ou dans Trinh Xuan Thuan. La vogue restreinte des discussions de bistrot, le succès plus massif de l'astrologie ou de la voyance me paraissent tout au plus des réactions compensatoires, vaguement schizophréniques, à l'extension perçue comme inéluctable de la vision scientifique du monde.

Dans ces conditions, le roman, prisonnier d'un comportementalisme étouffant, finit par se tourner vers sa seule, son ultime planche de salut : l'« écriture » (à ce stade, le mot de « style » n'est plus guère employé : pas assez impressionnant, manque de mystère). En somme il y aurait d'un côté la science, le sérieux, la connaissance, le réel. De l'autre la littérature, sa gratuité, son élégance, ses jeux formels ; la production de « textes », petits objets ludiques commentables par l'adjonction de préfixes (para, méta, inter). Le contenu de ces textes ? Il n'est pas sain, il n'est pas licite, il est même imprudent d'en parler.

Le spectacle a son côté triste. Je n'ai jamais pu, pour ma part, assister sans un serrement de cœur à la débauche de techniques mise en œuvre par tel ou tel « formaliste-Minuit » pour un résultat final aussi mince. Pour tenir le coup, je me suis souvent répété cette phrase de Schopenhauer : « La première – et pratiquement la seule – condition d'un bon style, c'est d'avoir quelque chose à dire ». Avec sa brutalité caractéristique, cette phrase peut aider. Par exemple, dans une conversation littéraire, lorsque le mot d'« écriture » est prononcé, on sait que c'est le moment de se détendre un peu. De regarder autour de soi, de commander une nouvelle bière.

Quel rapport avec la poésie ? Apparemment, aucun. Au contraire, de prime abord, la poésie paraît encore plus gravement contaminée par cette idée stupide que la littérature est un travail sur la langue ayant pour objet de produire une écriture. Circonstance aggravante, elle est spécialement sensible aux conditions formelles de son exercice (par exemple, Georges Perec a réussi à devenir un grand écrivain malgré l'Oulipo ; je ne connais aucun poète qui ait résisté au lettrisme). Il faut cependant noter que l'effacement du personnage ne la concerne aucunement ; que le débat philosophique n'a jamais été son lieu naturel – pas plus qu'aucun débat, d'ailleurs. Elle conserve donc intacts une grande partie de ses pouvoirs – à condition, bien entendu, qu'elle accepte de s'en servir.

Je trouve intéressant que tu évoques Christian Bobin à mon propos, ne serait-ce que pour souligner ce qui me sépare de cet aimable idolâtre (ce qui m'agace chez lui n'est d'ailleurs pas tant son émerveillement devant les « humbles objets du monde créé par Dieu », que l'impression qu'il donne sans cesse de s'émerveiller devant son propre émerveillement). Tu aurais également pu, descendant de quelques degrés dans l'horreur, évoquer l'incertain Coelho. Je n'ai pas l'intention d'esquiver la confrontation avec ces corollaires déplaisants de mon choix : réveiller les puissances endormies de l'expression poétique. Si la poésie, dès qu'elle essaie de parler du monde, se voit si facilement inculpée de tendances métaphysiques ou mystiques, c'est pour une raison simple : entre le réductionnisme mécaniste et les niaiseries *New Age*, il n'y a plus rien. Rien. Un néant intellectuel effarant, un désert total.

Le XXe siècle restera – aussi – cette époque paradoxale où les physiciens ont réfuté le matérialisme, renoncé au déterminisme local, abandonné en somme totalement cette ontologie d'objets et de propriétés qui dans le même temps se répandait dans le grand public comme l'élément constitutif d'une vision scientifique du monde. Dans ce numéro 9 (décidément excellent) de *L'atelier du roman* est évoquée l'attachante figure de Michel Lacroix. J'ai lu et relu avec attention son dernier ouvrage, *L'idéologie du New Age*. Ma conclusion est nette : il n'a aucune chance de sortir victorieux du combat qu'il engage. Trouvant sa source dans les souffrances insoutenables engendrées par la dislocation sociale, solidaire dès l'origine des nouveaux moyens de communication, proposant d'efficaces technologies du bien-être, le *New Age*, il a raison de le dire, est infiniment plus puissant qu'on ne l'imagine. La pensée *New Age*, il a encore raison sur ce point, est bien plus qu'un *remix* d'anciennes charlataneries : elle a en effet, la première, envisagé d'annexer à son profit les mutations récentes intervenues dans la pensée scientifique (étude des systèmes globaux comme irréductibles à la somme de leurs éléments ; démonstration de la non-séparabilité quantique). Au lieu de porter ses attaques sur ce terrain (où la pensée *New Age* est finalement fragile ; car après tout les mutations survenues s'accommoderaient aussi bien d'un positivisme intégral que d'une ontologie à la Bohm), Michel Lacroix se contente d'émettre des plaintes touchantes et variées, témoignages d'une fidélité enfantine aux pensées de l'altérité, aux héritages des civilisations grecque ou judéo-chrétienne. Ce n'est pas avec des arguments de cette farine qu'il aura une chance de résister au bulldozer holistique.

Cela dit, je n'aurais pas fait mieux. C'est bien ce qui m'ennuie : intellectuellement, je me sens incapable d'aller plus avant. J'ai cependant l'intuition que la poésie a un rôle à jouer ; peut-être comme une sorte de précurseur chimique. La poésie ne précède pas seulement le roman ; elle précède aussi, et de manière plus directe, la philosophie. Si Platon laisse les poètes à la porte de sa fameuse cité, c'est qu'il n'a *plus* besoin d'eux (et que, devenus inutiles, ils ne tarderont pas à devenir dangereux). Au fond, si j'écris des poèmes, c'est peut-être avant tout pour mettre l'accent sur un manque monstrueux et global (qu'on peut voir comme affectif, social, religieux, métaphysique ; et chacune de ces approches sera également vraie). C'est peut-être aussi que la poésie est la seule manière d'exprimer ce manque à l'état pur, à l'état natif ; d'exprimer simultanément chacun de ses aspects complémentaires. C'est peut-être pour laisser le message minimal suivant : « Quelqu'un, au milieu des années 199..., a vivement ressenti l'émergence d'un manque monstrueux et global ; dans l'incapacité de rendre compte clairement du phénomène, il nous a cependant, en témoignage de son incompétence, laissé quelques poèmes. »

APPROCHES DU DÉSARROI

« Je me bats contre des idées dont je ne suis même pas sûr qu'elles existent. »

(Antoine Waechter)

La version définitive de ce texte est parue dans Dix *(Les Inrockuptibles/Grasset, 1997).*

L'architecture contemporaine comme vecteur d'accélération des déplacements

Le grand public, on le sait, n'aime pas l'art contemporain. Cette constatation triviale recouvre en fait deux attitudes opposées. Traversant par hasard un lieu où sont exposées des pièces de peinture ou de sculpture contemporaines, le passant moyen s'arrêtera devant les œuvres présentées, fût-ce pour s'en moquer. Son attitude oscillera entre l'amusement ironique et le ricanement pur et simple ; dans tous les cas, il sera sensible à une certaine dimension de *dérision* ; l'insignifiance même de ce qui lui est présenté sera pour lui un gage rassurant d'innocuité ; il aura certes *perdu du temps*, mais de manière, au fond, pas si désagréable.

Placé cette fois dans une architecture contemporaine, le même passant aura beaucoup moins envie de rire. Dans des conditions favorables (tard le soir, ou sur fond de sirènes de police), on observera un phénomène nettement caractérisé d'*angoisse*, avec accélération de l'ensemble des sécrétions organiques. Dans tous les cas, l'ensemble fonctionnel constitué par les organes de la vision et les membres locomoteurs connaîtra une importante montée en régime.

Ainsi en est-il lorsqu'un car de touristes, égaré par le lacis d'une signalisation exotique, dépose son chargement dans le quartier des banques de Ségovie, ou le centre d'affaires de Barcelone. Plongés dans leur univers habituel d'acier, de verre et de signaux, les visiteurs retrouvent aussitôt la démarche rapide, le regard fonctionnel et orienté qui correspondent à l'environnement proposé. Progressant entre les pictogrammes et les signalisations écrites, ils ne tardent pas à atteindre le quartier de la cathédrale, le cœur historique de la ville. Aussitôt, leur démarche se ralentit ; le mouvement de leurs yeux acquiert quelque chose d'aléatoire, presque d'erratique. Une certaine stupéfaction hébétée se lit sur leur visage (phénomène d'ouverture de la bouche, typique chez les Américains). À l'évidence ils se sentent en présence d'objets visuels inhabituels, complexes, difficiles à décrypter. Bien vite, cependant, des messages apparaissent sur les murs ; par la grâce de l'office du tourisme, des repères historico-culturels se mettent en place ; nos voyageurs peuvent alors sortir leurs camescopes pour inscrire la mémoire de leurs déplacements dans un parcours culturel *orienté*.

L'architecture contemporaine est une architecture *modeste* ; elle ne manifeste sa présence autonome, sa présence en tant qu'architecture que par de discrets *clins d'œil* – en général des micro-messages publicitaires sur ses propres techniques de fabrication (il est par exemple d'usage d'assurer une très bonne visibilité aux machineries d'ascenseur, ainsi qu'au nom de la firme responsable de leur conception).

L'architecture contemporaine est une architecture *fonctionnelle* ; les questions esthétiques la concernant ont du reste depuis longtemps été éradiquées par la formule : « Ce qui est fonctionnel est forcément beau. » Parti pris surprenant, que le spectacle de la nature contredit en permanence, incitant plutôt à voir la beauté comme une sorte de *revanche sur la raison*. Si les formes de la nature plaisent à l'œil c'est souvent qu'elles ne servent à rien, qu'elles ne répondent à aucun critère d'efficacité perceptible. Elles se reproduisent avec luxuriance, avec richesse, mues apparemment par une force interne qu'on peut qualifier par le pur désir d'être, le simple désir de se reproduire ; force à vrai dire peu compréhensible (il suffit de penser à l'inventivité burlesque et un peu répugnante du monde animal) ; force qui n'en est pas moins d'une évidence étouffante. Certaines formes de la nature inanimée (cristaux, nuages, réseaux hydrographiques) paraissent il est vrai obéir à un critère d'optimalité thermodynamique ; mais ce sont justement les plus complexes, les plus ramifiées. Elles n'évoquent en rien le fonctionnement d'une machine rationnelle, mais bien plutôt le bouillonnement chaotique d'un *processus*.

Atteignant son propre optimum dans la constitution de lieux tellement fonctionnels qu'ils en deviennent invisibles, l'architecture contemporaine est une architecture *transparente*. Devant permettre la circulation rapide des individus et des marchandises, elle tend à réduire l'espace à sa dimension purement géométrique. Destinée à être traversée par une succession ininterrompue de messages textuels, visuels et iconiques, elle doit leur assurer une lisibilité maximale (seul un lieu parfaitement transparent est susceptible d'assurer une conductibilité totale de l'information). Soumis à la dure loi du consensus, les seuls messages permanents qu'elle s'autorisera seront cantonnés à un rôle d'information objective. Ainsi, le contenu de ces immenses panneaux qui bordent les parcours autoroutiers a fait l'objet d'une étude préalable fouillée. De nombreux sondages ont été réalisés, afin d'éviter de choquer telle ou telle catégorie d'usagers ; des psychosociologues ont été consultés, ainsi que des spécialistes de la sécurité routière : tout cela pour aboutir à des indications du style « Auxerre » ou « Les lacs ».

La gare Montparnasse développe une architecture transparente et non mystérieuse, établit une distance nécessaire et suffisante entre écrans vidéo d'information horaire et bornes électroniques de réservation, organise avec une redondance adéquate le fléchage des quais de départ – arrivée ; ainsi permet-elle à l'individu occidental d'intelligence moyenne ou supérieure de réaliser son objectif de déplacement en minimisant le frottement, l'incertitude, le temps perdu. Plus généralement, toute l'architecture contemporaine doit être considérée comme un immense dispositif d'accélération et de rationalisation des déplacements humains ; son point idéal, à cet égard, serait le système d'échangeur d'autoroutes qu'on peut observer au voisinage de Fontainebleau-Melun Sud.

C'est ainsi également que l'ensemble architectural connu sous le nom de La Défense peut être lu comme un pur dispositif productiviste, un dispositif d'accroissement de la productivité individuelle. Cette vision paranoïde a beau être localement exacte, elle est incapable de rendre compte de l'uniformité des réponses architecturales proposées à la diversité des besoins sociaux (hypermarchés, boîtes de nuit, immeubles de bureaux, centres culturels et sportifs). On progressera par contre en considérant que nous vivons non seulement dans une économie de marché, mais plus généralement dans une *société de marché*, c'est-à-dire un espace de civilisation où l'ensemble des rapports humains, et pareillement l'ensemble des rapports de l'homme au monde, sont médiatisés par le biais d'un calcul numérique simple faisant intervenir l'attractivité, la nouveauté et le rapport qualité-prix. Dans cette logique, qui recouvre aussi bien les relations érotiques, amoureuses, professionnelles que les comportements d'achat proprement dits, il s'agit de faciliter la mise en place multiple de rapports relationnels rapidement renouvelés (entre consommateurs et produits, entre employés et entreprises, entre amants), donc de promouvoir une fluidité consumériste basée sur une éthique de la responsabilité, de la transparence et du libre choix.

Construire des rayonnages

L'architecture contemporaine se dote donc implicitement d'un programme simple, qu'on peut résumer ainsi : *construire les rayonnages de l'hypermarché social.* Elle y parvient d'une part en manifestant une totale fidélité à l'esthétique du casier, d'autre part en privilégiant l'emploi de matériaux à granulométrie faible ou nulle (métal, verre, matières plastiques). L'emploi de surfaces réfléchissantes ou transparentes permettra en outre une seyante démultiplication des présentoirs. Il s'agit dans tous les cas de créer des espaces polymorphes, indifférents, modulables (le même processus est d'ailleurs à l'œuvre dans la décoration intérieure : aménager un appartement en cette fin de siècle, c'est essentiellement abattre les murs pour les remplacer par des cloisons mobiles – qui seront en fait peu déplacées, parce qu'il n'y a aucune raison de les déplacer; mais l'essentiel est que la possibilité de déplacement existe, qu'un degré de liberté supplémentaire ait été créé – et supprimer les éléments de décoration fixe : les murs seront blancs, les meubles translucides). Il s'agit de créer des espaces neutres où pourront se déployer librement les messages informatifs-publicitaires générés par le fonctionnement social, et qui par ailleurs le constituent. Car que produisent ces employés et ces cadres, à La Défense rassemblés ? À proprement parler, rien; le processus de production matérielle leur est même devenu parfaitement opaque. Des informations numériques leur sont transmises sur les objets du monde. Ces informations sont la matière première de statistiques, calculs; des modèles sont élaborés, des graphes de décision sont produits ; en bout de chaîne des décisions sont prises, de nouvelles informations sont réinjectées dans le corps social. Ainsi, la chair du monde est remplacée par son image numérisée; l'être des choses est supplanté par le graphique de ses variations. Polyvalents, neutres et modulaires, les lieux modernes s'adaptent à l'infinité de messages auxquels ils doivent servir de support. Ils ne peuvent s'autoriser à délivrer une signification autonome, à évoquer une ambiance particulière; ils ne peuvent ainsi avoir ni beauté, ni poésie, ni plus généralement aucun caractère propre. Dépouillés de tout caractère individuel et permanent, et à cette condition, ils seront prêts à accueillir l'indéfinie pulsation du transitoire.

Mobiles, ouverts à la transformation, disponibles, les employés modernes subissent un processus de dépersonnalisation analogue. Les techniques d'apprentissage du changement popularisées par les ateliers *New Age* se donnent pour objectif de créer des individus indéfiniment mutables, débarrassés de toute rigidité intellectuelle ou émotionnelle. Libéré des entraves que constituaient les appartenances, les fidélités, les codes de comportement rigides, l'individu moderne est ainsi prêt à prendre place dans un système de transactions généralisées au sein duquel il est devenu possible de lui attribuer, de manière univoque et non ambiguë, une *valeur d'échange*.

Simplifier les calculs

La numérisation progressive du fonctionnement microsociologique, déjà bien avancée aux États-Unis, avait pris un retard notable en Europe occidentale, comme en témoignent par exemple les romans de Marcel Proust. Il fallut plusieurs décennies pour parvenir à l'apurement complet des significations symboliques surajoutées aux différentes professions, que ces significations soient laudatives (église, enseignement) ou dépréciatives (publicité, prostitution). À l'issue de ce processus de décantation, il devint possible d'établir une hiérarchie précise entre les statuts sociaux sur la base de deux critères numériques simples : le revenu annuel, le nombre d'heures travaillées.

Sur le plan amoureux, les paramètres de l'échange sexuel étaient eux aussi longtemps demeurés tributaires d'un système de description lyrique, impressionniste, peu fiable. C'est encore une fois des États-Unis d'Amérique que devait venir la première tentative sérieuse de définition de standards. Basée sur des critères simples et objectivement vérifiables (âge – taille – poids – mensurations hanches-taille-poitrine pour les femmes ; âge – taille – poids – mensurations du sexe en érection pour les hommes), elle fut d'abord popularisée par l'industrie porno, bientôt relayée par les magazines féminins. Si la hiérarchie économique simplifiée fit longtemps l'objet d'oppositions sporadiques (mouvements en faveur de la « justice sociale »), il est à noter que la hiérarchie érotique, perçue comme plus naturelle, fut rapidement intériorisée et fit d'emblée l'objet d'un large consensus.

Dorénavant aptes à se définir eux-mêmes par une collection brève de paramètres numériques, libérés des pensées de l'Être qui avaient longtemps entravé la fluidité de leurs mouvements mentaux, les êtres humains occidentaux – du moins les plus jeunes – furent ainsi en mesure de s'adapter aux mutations technologiques qui traversaient leurs sociétés, mutations qui entraînaient à leur suite d'amples transformations économiques, psychologiques et sociales.

Une brève histoire de l'information

Vers la fin de la Seconde Guerre mondiale, la simulation des trajectoires de missiles à moyenne et longue portée, comme la modélisation des réactions fissiles à l'intérieur du noyau atomique, firent sentir le besoin de moyens de calcul algorithmiques et numériques d'une puissance accrue. Grâce en partie aux travaux théoriques de John von Neumann, les premiers ordinateurs virent le jour.

À cette époque, les travaux de bureau se caractérisaient par une standardisation et une rationalisation moins avancées que celles qui prévalaient dans la production industrielle. L'application des premiers ordinateurs aux tâches de gestion se traduisit immédiatement par la disparition de toute liberté et de toute souplesse dans la mise en œuvre des procédures – en somme, par une prolétarisation brutale de la classe des employés.

Ces mêmes années, avec un retard comique, la littérature européenne se trouva confrontée à un nouvel outil : la *machine à écrire*. Le travail indéfini et multiple sur le manuscrit (avec ses rajouts, ses renvois, ses apostilles) disparut au profit d'une écriture plus linéaire et plus plate ; il y eut de fait alignement sur les normes du roman policier et du journalisme américains (apparition du mythe Underwood – succès d'Hemingway). Cette dégradation de l'image de la littérature entraîna nombre de jeunes dotés d'un tempérament « créatif » à se diriger vers les voies plus gratifiantes du cinéma et de la chanson (voies à terme sans issue ; en effet, l'industrie de divertissement américaine devait peu après entamer son travail de destruction des industries de divertissement locales – travail que nous voyons s'achever aujourd'hui).

L'apparition soudaine du micro-ordinateur, au début des années 80, peut apparaître comme une sorte d'accident historique ; ne correspondant à aucune nécessité économique, elle est en effet inexplicable en dehors de considérations telles que les progrès dans la régulation des courants faibles et la gravure fine du silicium. De manière inattendue, les employés de bureau et cadres moyens se trouvèrent en possession d'un outil puissant, d'utilisation aisée, qui leur permettait de reprendre le contrôle – de fait, sinon de droit – sur les principaux éléments de leur travail. Une lutte sourde, mal connue, se déroula pendant plusieurs années entre les directions informatiques et les utilisateurs « de base », parfois épaulés par des équipes de micro-informaticiens passionnés. Le plus étonnant est que progressivement, prenant conscience du coût et de la faible efficacité de l'informatique lourde, alors que la production en grande série permettait l'apparition de matériels et de logiciels bureautiques fiables et bon marché, les directions générales basculèrent dans le camp de la micro-informatique.

Pour l'écrivain, le micro-ordinateur fut une libération inespérée : on ne retrouvait pas vraiment la souplesse et l'agrément du manuscrit, mais il redevenait possible, quand même, de se livrer à un travail sérieux sur un texte. Ces mêmes années, différents indices donnèrent à penser que la littérature pourrait retrouver une partie de son prestige antérieur – moins d'ailleurs par ses mérites propres que par auto-effacement d'activités rivales. Rock et cinéma, soumis au formidable pouvoir de nivellement de la télévision, perdirent peu à peu de leur magie. Les distinctions antérieures entre films, clips, actualités, publicité, témoignages humains, reportages tendirent à s'effacer au profit d'une notion de spectacle généralisé.

L'apparition des fibres optiques, l'accord industriel sur le protocole TCP-IP permirent dès le début des années 90 l'apparition de réseaux intra, puis inter-entreprises. Redevenu un simple poste de travail au sein de systèmes client-serveur fiabilisés, le micro-ordinateur perdit toute capacité de traitement autonome. Il y eut de fait renormalisation des procédures au sein de systèmes de traitement de l'information plus mobiles, plus transversaux, plus efficaces.

Omniprésents dans les entreprises, les micro-ordinateurs avaient échoué sur le marché domestique pour des raisons depuis clairement analysées (prix encore élevé, manque d'utilité réelle, difficultés d'utilisation en position allongée). La fin des années 90 vit l'apparition des premiers terminaux passifs d'accès Internet ; dépourvus en eux-mêmes d'intelligence comme de mémoire, donc d'un très faible coût de production unitaire, ils étaient conçus pour permettre l'accès aux gigantesques bases de données constituées par l'industrie américaine du divertissement. Munis d'un dispositif de télépaiement enfin sécurisé (officiellement tout du moins), esthétiques et légers, ils devaient s'imposer rapidement comme un standard, remplaçant à la fois le téléphone portable, le Minitel et la commande à distance des téléviseurs classiques.

De manière inattendue, le livre devait constituer un pôle de résistance vivace. Des tentatives de stockage d'œuvres sur serveur Internet eurent lieu ; leur succès demeura confidentiel, limité aux encyclopédies et ouvrages de référence. Au bout de quelques années, l'industrie dut en convenir : plus pratique, plus attrayant et plus maniable, l'objet livre gardait la faveur du public. Or tout livre, une fois acheté, devenait un instrument de déconnexion redoutable. Dans la chimie intime du cerveau, la littérature avait souvent pu, par le passé, prendre le pas sur l'univers réel ; elle n'avait rien à craindre des univers virtuels. Ce fut le début d'une période paradoxale, qui dure encore de nos jours, où la mondialisation du divertissement et des échanges – dans lesquels le langage articulé tenait une place réduite – allait de pair avec un renforcement des langues vernaculaires et des cultures locales.

L'apparition de la lassitude

Sur le plan politique, l'opposition au libéralisme économique mondialiste avait en fait commencé bien avant ; elle connut son acte fondateur en France dès 1992 avec la campagne pour le Non au référendum de Maastricht. Cette campagne tirait moins sa force de la référence à une identité nationale ou à un patriotisme républicain – tous deux disparus dans les boucheries de Verdun en 1916-1917 – que d'une authentique lassitude générale, d'un sentiment de refus pur et simple. Comme tous les historicismes avant lui, le libéralisme jouait l'intimidation en se présentant comme devenir historique inéluctable. Comme tous les historicismes avant lui, le libéralisme se posait comme assomption et dépassement du *sentiment éthique simple* au nom d'une vision à long terme du *devenir historique de l'humanité*. Comme tous les historicismes avant lui, le libéralisme promettait dans l'immédiat des efforts et des souffrances, reléguant à une ou deux générations de distance l'arrivée du bien général. Un tel mode de raisonnement avait déjà causé suffisamment de dégâts, tout au long du XXe siècle.

La perversion du concept de progrès régulièrement opérée par les historicismes devait malheureusement favoriser l'apparition de *pensées clownesques*, typiques des époques de désarroi. Souvent inspirées par Héraclite ou Nietzsche, bien adaptées aux moyens et hauts revenus, d'une esthétique parfois plaisante, elles semblaient trouver leur confirmation dans la prolifération, chez les couches moins favorisées de la population, de réflexes identitaires multiples, imprévisibles et violents. Certaines avancées dans la théorie mathématique des turbulences induisirent en effet, de plus en plus fréquemment, à représenter l'histoire humaine sous la forme d'un système chaotique dans lequel futurologues et penseurs médiatiques s'ingéniaient à déceler un ou plusieurs *attracteurs étranges*. Dénuée de toute base méthodologique, cette analogie ne devait pas moins gagner du terrain chez les couches instruites ou demi-instruites, empêchant durablement la constitution d'une ontologie neuve.

Le monde comme supermarché et comme dérision

Arthur Schopenhauer ne croyait pas à l'Histoire. Il est donc mort persuadé que la révélation qu'il apportait sur le monde, d'une part existant comme volonté (comme désir, comme élan vital), d'autre part perçu comme représentation (en soi neutre, innocente, purement objective, susceptible comme telle de reconstruction esthétique) survivrait à la succession des générations. Nous pouvons aujourd'hui lui donner partiellement tort. Les concepts qu'il a mis en place peuvent encore se reconnaître dans la trame de nos vies ; mais ils ont subi de telles métamorphoses qu'on peut s'interroger sur la validité qu'il leur reste.

Le mot de « volonté » semble indiquer une tension de longue durée, un effort continu, conscient ou non mais cohérent, vers un but. Certes, les oiseaux construisent encore des nids, les cerfs combattent encore pour la possession des femelles ; et dans le sens de Schopenhauer on peut bien dire que c'est le même cerf qui combat, que c'est la même larve qui fouit, depuis le pénible jour de leur première apparition sur la Terre. Il en va tout autrement pour les hommes. La logique du supermarché induit nécessairement un éparpillement des désirs ; l'homme du supermarché ne peut organiquement être l'homme d'une seule volonté, d'un seul désir. D'où une certaine dépression du vouloir chez l'homme contemporain ; non que les individus désirent moins, ils désirent au contraire de plus en plus ; mais leurs désirs ont acquis quelque chose d'un peu criard et piaillant : sans être de purs simulacres, ils sont pour une large part le produit de déterminations externes – nous dirons *publicitaires* au sens large. Rien en eux n'évoque cette force organique et totale, tournée avec obstination vers son accomplissement, que suggère le mot de « volonté ». D'où un certain manque de personnalité, perceptible chez chacun.

Profondément infectée par le sens, la représentation a perdu toute innocence. On peut désigner comme *innocente* une représentation qui se donne simplement comme telle, qui prétend simplement être l'image d'un monde extérieur (réel ou imaginaire, mais extérieur) ; en d'autres termes qui n'inclut pas en elle-même son commentaire critique. L'introduction massive dans les représentations de *références*, de dérision, de *second degré*, d'humour a rapidement miné l'activité artistique et philosophique en la transformant en rhétorique généralisée. Tout art, comme toute science, est un moyen de communication entre les hommes. Il est évident que l'efficacité et l'intensité de la communication diminuent et tendent à s'annuler dès l'instant qu'un doute s'installe sur la véracité de ce qui est dit, sur la sincérité de ce qui est exprimé (imagine-t-on, par exemple, une science *au second degré* ?). L'effritement tendanciel de la créativité dans les arts n'est ainsi qu'une autre face de l'impossibilité toute contemporaine de la *conversation*. Tout se passe en effet, dans la conversation courante, comme si l'expression directe d'un sentiment, d'une émotion, d'une idée était devenue impossible, parce que trop vulgaire. Tout doit passer par le filtre déformant de *l'humour*, humour qui finit bien entendu par tourner à vide et par se muer en mutité tragique. Telle est à la fois l'histoire de la célèbre « incommunicabilité » (il est à noter que l'exploitation ressassée de ce thème n'a nullement empêché l'incommunicabilité de s'étendre en pratique, et qu'elle reste plus que jamais d'actualité, même si on est devenu un peu las d'en parler) et la tragique histoire de la peinture au XXe siècle. Le parcours de la peinture parvient ainsi à figurer, plus il est vrai par analogie d'ambiance que par approche directe, le parcours de la communication humaine dans la période contemporaine. Nous glissons dans les deux cas dans une ambiance malsaine, truquée, profondément dérisoire ; et tragique au bout de son dérisoire même. Ainsi le passant moyen traversant une galerie de peinture ne devra-t-il pas s'arrêter trop longtemps, s'il veut conserver son attitude de détachement ironique. Au bout de quelques minutes, il sera malgré lui gagné par un certain désarroi ; il ressentira pour le moins un engourdissement, un malaise ; un inquiétant ralentissement de sa fonction humoristique.

(Le tragique intervient exactement à ce moment où le dérisoire ne parvient plus à être perçu comme *fun* ; c'est une espèce d'inversion psychologique brutale, qui traduit l'apparition chez l'individu d'un irréductible désir d'éternité. La publicité n'évite ce phénomène contraire à son objectif que par un renouvellement incessant de ses simulacres ; mais la peinture garde vocation à créer des objets permanents, et dotés d'un caractère propre ; c'est cette nostalgie d'être qui lui donne son halo douloureux, et qui en fait bon gré mal gré un reflet fidèle de la situation spirituelle de l'homme occidental.)

On notera par contraste la relative bonne santé de la littérature pendant la même période. Ceci est très explicable. La littérature est, profondément, un art conceptuel ; c'est même, à proprement parler, le seul. Les mots sont des concepts ; les clichés sont des concepts. Rien ne peut être affirmé, nié, relativisé, moqué sans le secours des concepts, et des mots. D'où l'étonnante robustesse de l'activité littéraire, qui peut se refuser, s'autodétruire, se décréter impossible sans cesser d'être elle-même. Qui résiste à toutes les mises en abyme, à toutes les déconstructions, à toutes les accumulations de degrés, aussi subtiles soient-elles ; qui se relève simplement, s'ébroue et se remet sur ses pattes, comme un chien qui sort d'une mare.

Contrairement à la musique, contrairement à la peinture, contrairement aussi au cinéma, la littérature peut ainsi absorber et digérer des quantités illimitées de dérision et d'humour. Les dangers qui la menacent aujourd'hui n'ont rien à voir avec ceux qui ont menacé, parfois détruit les autres arts ; ils tiennent beaucoup plus à l'accélération des perceptions et des sensations qui caractérise la logique de l'hypermarché. Un livre en effet ne peut être apprécié que *lentement* ; il implique une réflexion (non surtout dans le sens d'effort intellectuel, mais dans celui de *retour en arrière*) ; il n'y a pas de lecture sans arrêt, sans mouvement inverse, sans relecture. Chose impossible et même absurde dans un monde où tout évolue, tout fluctue, où rien n'a de validité permanente : ni les règles, ni les choses, ni les êtres. De toutes ses forces (qui furent grandes), la littérature s'oppose à la notion d'actualité permanente, de perpétuel présent. Les livres appellent des lecteurs ; mais ces lecteurs doivent avoir une existence individuelle et stable : ils ne peuvent être de purs consommateurs, de purs fantômes ; ils doivent être aussi, en quelque manière, des *sujets*.

Minés par la lâche hantise du « *politically correct* », éberlués par un flot de pseudo-informations qui leur donnent l'illusion d'une modification permanente des catégories de l'existence (on *ne peut plus* penser ce qui était pensé il y a dix, cent ou mille ans), les Occidentaux contemporains ne parviennent plus à être des lecteurs ; ils ne parviennent plus à satisfaire cette humble demande d'un livre posé devant eux : être simplement des êtres humains, pensant et ressentant par eux-mêmes.

À plus forte raison, ils ne peuvent jouer ce rôle face à un autre être. Il le faudrait, pourtant : car cette dissolution de l'être est une dissolution tragique ; et chacun continue, mû par une nostalgie douloureuse, à demander à l'autre ce qu'il ne peut plus être ; à chercher, comme un fantôme aveuglé, ce poids d'être qu'il ne trouve plus en lui-même. Cette résistance, cette permanence ; cette profondeur. Bien entendu chacun échoue, et la solitude est atroce.

La mort de Dieu en Occident a constitué le prélude d'un formidable feuilleton métaphysique, qui se poursuit jusqu'à nos jours. Tout historien des mentalités serait à même de reconstituer le détail des étapes ; disons pour résumer que le christianisme réussissait ce *coup de maître* de combiner la croyance farouche en l'individu – par rapport aux épîtres de saint Paul, l'ensemble de la culture antique nous paraît aujourd'hui curieusement policé et morne – avec la promesse de la participation éternelle à l'Être absolu. Une fois le rêve évanoui, diverses tentatives furent faites pour promettre à l'individu un minimum d'être ; pour concilier le rêve d'être qu'il portait en lui avec l'omniprésence obsédante du devenir. Toutes ces tentatives, jusqu'à présent, ont échoué, et le malheur a continué à s'étendre.

La publicité constitue la dernière en date de ces tentatives. Bien qu'elle vise à susciter, à provoquer, à *être* le désir, ses méthodes sont au fond assez proches de celles qui caractérisaient l'ancienne morale. Elle met en effet en place un Surmoi terrifiant et dur, beaucoup plus impitoyable qu'aucun impératif ayant jamais existé, qui se colle à la peau de l'individu et lui répète sans cesse : « Tu dois désirer. Tu dois être désirable. Tu dois participer à la compétition, à la lutte, à la vie du monde. Si tu t'arrêtes, tu n'existes plus. Si tu restes en arrière, tu es mort. » Niant toute notion d'éternité, se définissant elle-même comme processus de renouvellement permanent, la publicité vise à vaporiser le sujet pour le transformer en fantôme obéissant du devenir. Et cette participation épidermique, superficielle à la vie du monde est supposée prendre la place du désir d'être.

La publicité échoue, les dépressions se multiplient, le désarroi s'accentue ; la publicité continue cependant à bâtir les infrastructures de réception de ses messages. Elle continue à perfectionner des moyens de déplacement pour des êtres qui n'ont nulle part où aller, parce qu'ils ne sont nulle part chez eux ; à développer des moyens de communication pour des êtres qui n'ont plus rien à dire ; à faciliter les possibilités d'interaction entre des êtres qui n'ont plus envie d'entrer en relation avec quiconque.

La poésie du mouvement arrêté

En mai 1968, j'avais dix ans. Je jouais aux billes, je lisais *Pif le Chien* ; la belle vie. Des « événements de 68 » je ne garde qu'un seul souvenir, cependant assez vif. Mon cousin Jean-Pierre était à l'époque en première au lycée du Raincy. Le lycée m'apparaissait alors (l'expérience que j'en eus par la suite devait d'ailleurs confirmer cette première intuition, tout en y ajoutant une pénible dimension sexuelle) comme un endroit vaste et effrayant où des garçons plus âgés étudiaient avec acharnement des matières difficiles afin d'assurer leur avenir professionnel. Un vendredi, je ne sais pourquoi, je me rendis avec ma tante pour attendre mon cousin à la sortie de ses cours. Ce même jour, le lycée du Raincy s'était mis en grève illimitée. La cour, que je m'attendais à voir remplie de centaines d'adolescents affairés, était déserte. Quelques professeurs traînaient, sans but, entre les poteaux de hand-ball. Je me souviens, pendant que ma tante cherchait à rassembler des bribes d'information, d'avoir marché de longues minutes dans cette cour. La paix était totale, le silence absolu. C'était un moment merveilleux.

En décembre 1986, je me trouvais en gare d'Avignon, et le temps était doux. À la suite de complications sentimentales dont la narration serait fastidieuse, je devais impérativement – du moins le pensais-je – reprendre le TGV pour Paris. J'ignorais qu'un mouvement de grève venait de se déclencher sur l'ensemble du réseau SNCF. Ainsi, la succession opérationnelle de l'échange sexuel, de l'aventure et de la lassitude se trouva d'un seul coup brisée. J'ai passé deux heures, assis sur un banc, face au paysage ferroviaire déserté. Des voitures de TGV étaient immobilisées sur les voies de garage. On aurait pu croire qu'elles étaient là depuis des années, qu'elles n'avaient même jamais roulé. Elles étaient simplement là, immobiles. Des informations se chuchotaient à voix basse parmi les voyageurs ; l'ambiance était à la résignation, à l'incertitude. Ç'aurait pu être la guerre, ou la fin du monde occidental.

Certains témoins plus directs des « événements de 68 » m'ont raconté par la suite qu'il s'agissait d'une période merveilleuse, où les gens se parlaient dans la rue, où tout paraissait possible ; je veux bien le croire. D'autres font simplement observer que les trains ne roulaient plus, qu'on ne trouvait plus d'essence ; je l'admets sans difficulté. Je trouve à tous ces témoignages un trait commun : magiquement, pendant quelques jours, une machine gigantesque et oppressante s'est arrêtée de tourner. Il y a eu un flottement, une incertitude ; une suspension s'est produite, un certain calme s'est répandu dans le pays. Naturellement, ensuite, la machine sociale a recommencé à tourner de manière encore plus rapide, encore plus impitoyable (et Mai 68 n'a servi qu'à briser les quelques règles morales qui entravaient jusqu'alors la voracité de son fonctionnement). Il n'empêche qu'il y a eu un instant d'arrêt, d'hésitation ; un instant d'incertitude métaphysique.

C'est sans doute pour les mêmes raisons qu'une fois le premier mouvement de contrariété surmonté, la réaction du public face à un arrêt subit des réseaux de transmission de l'information est loin d'être absolument négative. On peut observer le phénomène à chaque fois qu'un système de réservation informatique tombe en panne (c'est assez courant) : une fois donc l'inconvénient admis, et surtout dès que les employés se décident à utiliser leur téléphone, c'est plutôt une joie secrète qui se manifeste chez les usagers ; comme si le destin leur donnait l'occasion de prendre une revanche sournoise sur la technologie. De la même manière, pour réaliser ce que le public pense au fond de l'architecture dans laquelle on le fait vivre, il suffit d'observer ses réactions lorsqu'on se décide à faire sauter une de ces barres d'habitation construites en banlieue dans les années 60 : c'est un moment de joie très pure et très violente, analogue à l'ivresse d'une libération inespérée. L'esprit qui habite ces lieux est mauvais, inhumain, hostile ; c'est celui d'un engrenage épuisant, cruel, constamment accéléré ; chacun au fond le sent, et souhaite sa destruction.

La littérature s'arrange de tout, s'accommode de tout, fouille parmi les ordures, lèche les plaies du malheur. Une poésie paradoxale, de l'angoisse et de l'oppression, a donc pu naître au milieu des hypermarchés et des immeubles de bureaux. Cette poésie n'est pas gaie ; elle ne peut pas l'être. La poésie moderne n'a pas plus vocation à bâtir une hypothétique « maison de l'être » que l'architecture moderne n'a vocation à bâtir des lieux habitables ; ce serait une tâche bien différente de celle qui consiste à multiplier les infrastructures de circulation et de traitement de l'information. Produit résiduel de l'impermanence, l'information s'oppose à la signification comme le plasma au cristal ; une société ayant atteint un palier de surchauffe n'implose pas nécessairement, mais elle s'avère incapable de produire une signification, toute son énergie étant monopolisée par la description informative de ses variations aléatoires. Chaque individu est cependant en mesure de produire en lui-même une sorte de *révolution froide*, en se plaçant pour un instant en dehors du flux informatif-publicitaire. C'est très facile à faire ; il n'a même jamais été aussi simple qu'aujourd'hui de se placer, par rapport au monde, dans une *position esthétique* : il suffit de faire un pas de côté. Et ce pas lui-même, en dernière instance, est inutile. Il suffit de marquer un temps d'arrêt ; d'éteindre la radio, de débrancher la télévision ; de ne plus rien acheter, de ne plus rien désirer acheter. Il suffit de ne plus participer, de ne plus savoir ; de suspendre temporairement toute activité mentale. Il suffit, littéralement, de s'immobiliser pendant quelques secondes.

L'ART COMME ÉPLUCHAGE

Ce texte est paru dans la rubrique « Le carnet à spirale » des Inrockuptibles *(numéro 5, 1995).*

Lundi, école d'art de Caen. On m'a demandé d'expliquer pourquoi la bonté me paraissait plus importante que l'intelligence, ou le talent. J'ai fait de mon mieux, j'ai eu du mal ; mais je sais que c'était vrai. Ensuite j'ai visité l'atelier de Rachel Poignant, qui utilise des moulages de différentes parties de son corps. Je suis tombé en arrêt devant de longues lanières recouvertes du moulage d'un de ses tétons (le droit ? le gauche ? je ne sais plus). Par la consistance caoutchouteuse, par l'aspect, cela évoquait franchement des tentacules de pieuvre. Pourtant, j'ai assez bien dormi.

Mercredi, école d'art d'Avignon, pour une « journée du ratage » organisée par Arnaud Labelle-Rojoux. Je devais parler de l'échec sexuel. Les choses ont commencé presque gaiement, par une projection de courts-métrages réunis sous le titre de *Films sans qualités* ; les uns hilarants, les autres étranges, parfois les deux (je crois que la cassette tourne dans différents centres d'art ; il serait dommage de la manquer). Puis j'ai vu une vidéo de Jacques Lizène. La misère sexuelle le hante. Son sexe dépassait d'un trou ménagé dans une plaque de contreplaqué ; il était enserré dans un nœud coulant par une ficelle servant à l'actionner. Il l'agitait longuement, par secousses, comme une marionnette molle. J'étais très mal à l'aise. Cette ambiance de décomposition, de foirage triste qui accompagne l'art contemporain finit par vous prendre à la gorge ; on peut regretter Joseph Beuys, et ses propositions empreintes de générosité. Il n'empêche que le témoignage porté sur l'époque est d'une précision éprouvante. Toute la soirée j'y ai pensé, sans pouvoir échapper à ce constat : l'art contemporain me déprime ; mais je me rends compte qu'il représente, et de loin, le meilleur commentaire récent sur l'état des choses. J'ai rêvé de sacs poubelle débordant de filtres à café, d'épluchures, de viandes en sauce. J'ai pensé à l'art comme épluchage, aux bouts de chair qui restent collés aux épluchures.

Samedi, rencontre littéraire dans le nord de la Vendée. Quelques écrivains « régionalistes de droite » (on reconnaît qu'ils sont de droite à ce que, parlant de leurs origines, ils aiment à signaler un ancêtre juif à la quatrième génération ; ainsi, chacun peut constater leur largeur d'esprit). Sinon, comme partout, public très divers ; aucun autre point commun que la lecture. Ces gens vivent dans une région où le nombre de nuances de vert est infini ; mais, sous un ciel parfaitement gris, toutes les nuances de vert s'éteignent. On a donc affaire à un infini éteint. J'ai pensé à la course des planètes après la fin de toute vie, dans un univers de plus en plus froid, marqué par l'extinction progressive des étoiles ; et les mots de « chaleur humaine » m'ont presque fait pleurer.

Dimanche, j'ai repris le TGV pour Paris ; fin des vacances.

OPERA BIANCA

Opera Bianca est une installation mobile et sonore conçue par le sculpteur Gilles Touyard ; la musique est due à Brice Pauset. Cette installation se compose de sept objets mobiles dont la forme évoque l'ameublement humain. Lors des phases claires, ces objets, immobiles et blancs sur un fond blanc, emmagasinent de l'énergie lumineuse. Ils dissipent cette énergie lors des phases sombres, émettant une luminescence décroissante alors qu'ils se croisent dans l'espace – sans toutefois se toucher ; leur aspect évoque alors celui des taches fantomatiques qui traversent la rétine après un éblouissement.

Le texte intervient lors des phases sombres. Il se décompose en douze séquences lues par deux récitants invisibles (une voix masculine, une voix féminine). L'ordre des séquences, aléatoire, change d'une représentation à l'autre. Ces textes doivent donc être considérés comme douze interprétations possibles à partir d'une même situation plastique.

La première représentation a eu lieu le 10 septembre 1997 au Centre d'art contemporain Georges-Pompidou (Paris).

4"

H : Quel est le plus petit élément d'une société humaine ?

36"

F : Nous associons l'onde à la femme,
Le corpuscule au masculin
Nous composons de petits drames
Dans le désir d'un Dieu malin.

H : En l'absence de tout conflit, un monde apparaît, se développe. Le réseau des interactions enveloppe l'espace, crée l'espace par son développement instantané. Observant les interactions, nous connaissons le monde. Définissant l'espace par l'intermédiaire des observables, en l'absence de toute contradiction, nous proposons un monde dont nous pouvons parler. Nous appelons ce monde : la réalité.

43"

H : Ils flottaient dans la nuit près d'un astre innocent,
Observant la naissance du monde,
Le développement des plantes
Et le foisonnement impur des bactéries ;
Ils venaient de très loin, ils avaient tout leur temps.

Ils n'avaient pas vraiment
D'idée sur l'avenir,
Ils voyaient le tourment
Le manque et le désir

S'installer sur la Terre
Au milieu des vivants
Ils connaissaient la guerre,
Ils chevauchaient le vent.

F : Ils se sont rassemblés tout au bord de l'étang ;
Le brouillard se levait et ranimait le ciel ;
Souvenez-vous, amis, des formes essentielles,
Souvenez-vous de l'homme ; souvenez-vous
[longtemps.

50"

H : J'aimerais annoncer de bonnes nouvelles, prodiguer des paroles consolantes ; je ne peux pas. Je ne peux qu'assister au creusement du gouffre entre nos démarches et nos attitudes.
Nous sillonnons l'espace, le rythme de nos pas découpe l'espace avec l'exactitude d'un rasoir ;
Nous sillonnons l'espace et l'espace est de plus en plus noir.
Il y a eu un moment de décrochement précis. Je ne peux pas m'en souvenir, mais il a dû se produire à une certaine altitude.

F : Il doit y avoir eu un moment de communion où nous n'avions aucune objection au monde ;
Comment se fait-il alors que notre solitude soit si profonde ?
Il doit s'être passé quelque chose, mais les racines de la déflagration nous restent impénétrables ;
Nous projetons des regards autour de nous, mais plus rien ne nous paraît concret, plus rien ne nous paraît stable.

56"

F : Nous marchons dans la ville, nous croisons des
[regards
Et ceci définit notre présence humaine ;
Dans le calme absolu de la fin de semaine,
Nous marchons lentement aux abords de la gare.

Nos vêtements trop larges abritent des chairs grises
À peu près immobiles dans la fin de journée ;
Notre âme minuscule, à demi-condamnée,
S'agite entre les plis, et puis s'immobilise.

H : Nous avons existé, telle est notre légende ;
Certains de nos désirs ont construit cette ville.
Nous avons combattu des puissances hostiles,
Puis nos bras amaigris ont lâché les commandes

Et nous avons flotté loin de tous les possibles ;
La vie s'est refroidie, la vie nous a laissés
Nous contemplons nos corps à demi-effacés,
Dans le silence émergent quelques *data* sensibles.

59"

H : Le ciel parfaitement limpide
Pénétrait dans nos cristallins
Nous ne pensions plus à demain,
La nuit était à peu près vide.

Nous étions prisonniers parmi les instruments
Et les mesures semblaient parfaitement futiles,
Nous avions essayé de faire une œuvre utile
Et les fourmis dansaient sous un soleil troublant.

Il y avait dans l'air quelque chose de dément
Une électricité, un glissement de chaînes,
Les passants échangeaient des regards pleins de
[haine
Et semblaient ruminer de merveilleux tourments.

F : Tu connaîtras les trois directions de l'espace
Et tu prendras conscience de la nature du temps,
Tu verras le soleil se coucher sur l'étang;
Dans la nuit tu croiras avoir trouvé ta place.

H : L'aube revient, le sable tourne entre les corps ;
Esprit de clairvoyance, dirige-toi équitablement vers le Nord ;
Esprit d'intransigeance, soutiens nos combats et nos efforts ;
Ce monde attend de nous l'impulsion vers la mort.

1'00"

F : Il arrive un moment où les mots échangés,
Au lieu de se changer en éclats de lumière,
Se tordent autour de vous, étouffent vos pensées
Les mots ont une matière
(Une matière visqueuse
Quand ils pèsent très lourd ;
Ainsi, les mots d'amour,
La matière amoureuse.)

H : La vie se perpétue à coups d'éclairs croisés,
L'information circule ;
Tout au fond de la nuit les destins s'articulent ;
Les cartes sont biaisées.

F : Nous traversons les jours le visage immobile,
Il n'y a plus d'amour dans nos regards stériles
L'enfance est terminée, les jeux sont répartis,
Nous nous acheminons vers la fin de partie.

H : Les dernières particules
Dérivent dans le silence
Et le vide articule
Dans la nuit, sa présence.

F : La poussière tournoie sur le sol gris, mouvante ;
Un coup de vent surgit et purifie l'espace.
Nous avons voulu vivre, il en reste des traces ;
Nos corps au ralenti sont figés dans l'attente.

1'04"

H : Dans la solitude, dans le silence, dans la lumière, l'homme se charge d'énergie mentale qu'il dissipe ensuite dans ses rapports avec autrui. Indifférent, parfait et rond, le monde a gardé la mémoire de son origine commune. Des portions du monde apparaissent, puis disparaissent ; elles apparaissent à nouveau.

F : Au bout du blanc, il y a la mort
Et la séparation des corps
Entre les particules à vif,
J'achève mon parcours émotif.

H : La vie est parfaite, la vie est ronde ;
C'est une nouvelle histoire du monde.

F : Il n'y a plus de topologie
Dans l'univers sub-atomique
Et l'esprit retrouve un logis
Au fond de la fissure quantique,

L'esprit se love et se blottit
Dans un univers pathétique
Dans la brisure de symétrie,
Dans la splendeur de l'identique.

H : Tout apparaît, tout brille dans une lumière insoutenable ; nous sommes devenus comme des dieux.

1'06"

F : Une rencontre a lieu
À un moment quelconque,
La nuit remplit les yeux
Et bien sûr on se trompe.

H : Le monde est dissocié ; il se compose d'individus. Les individus se composent d'organes ; les organes de molécules. Le temps s'écoule ; il se sépare en secondes. Le monde est dissocié.

F : Le processus de séduction
Est un processus de mesure,
Seule dans la nuit d'interaction
Entre la lumière et l'ordure.

H : Les neurones évoquent la nuit. Dans le réseau étoilé des neurones, les représentations se forment ; leur parcours est aléatoire et bref.

F : Il faudrait traverser un univers lyrique
Comme on traverse un corps qu'on a beaucoup
[aimé
Il faudrait réveiller les puissances opprimées
La soif d'éternité, douteuse et pathétique.

H : La nuit cérébrale est profonde,
Elle a créé le monde
Et l'intégralité des instruments.

Nous descendons toujours vers le blanc.

1'10"

F : Dans la contradiction qui remplit nos matins
Nous respirons, c'est vrai, et le ciel est paisible
Mais nous ne croyons plus que la vie soit possible,
Nous n'avons plus vraiment l'impression d'être
[humains.

H : Le mouvement d'indifférence
Sur un axe froid et morbide
Est une métaphore de l'absence,
Semi-transition vers le vide.

Les signaux du réel voilé,
Dans leur demi-luminescence
Hideux comme un ciel étoilé,
Semi-transitions vers l'absence.

Les chocs des machines neuronales
Dans un champ de désirs fictifs
Définissent un monde libéral
Où plus rien n'est définitif.

F : Il faut que la nature se conforme à l'humain
Et que l'humain s'achève et devienne rigide,
J'ai toujours eu très peur de tomber dans le vide,
J'étais seule dans le vide et j'avais mal aux mains.

H : Dans la mort, les corps déviandés
De ceux qu'on avait cru connaître
Ont l'attitude un peu guindée
De ceux qui ne vont plus renaître.

Ils sont là, simples et sans blessures,
Tous leurs désirs sont apaisés,
Ils ne sont plus qu'une ossature
Que le temps finit par user.

1'17"

H : Nous supposons l'existence d'un observateur.

F : Tu es ici
Ou bien ailleurs
Et tu es assise en tailleur
Sur le carrelage de ta cuisine
Et ton existence est en ruines,
Élève ta voix vers le Seigneur.

Regarde ! Il y a des molécules
Qui existent en semi-liaison
Il y a des demi-trahisons,
Il y a des moments ridicules.

H : Nous ne vivons pas ; nous opérons des mouvements que nous croyons volontaires. La mort ne nous atteindra pas ; nous sommes déjà morts.

F : Tu penses au chat de Schrödinger,
Demi-mort ou demi-vivant

À la nature de la lumière
Et à l'ambiguïté du blanc.

H : Il en est du langage comme de la vaisselle dans un chalet de montagne, disait Niels Bohr. Notre eau est sale, nos torchons à peine propres ; pourtant, au bout du compte, nous parvenons quand même à nettoyer les assiettes.

F : Tu es debout sur la passerelle
Et tu penses au liquide vaisselle.

H : Deux êtres sont réunis, chacun dans sa nuit cérébrale. Cependant, à l'exact point médian de leurs consciences du monde, à un moment fixé par le déroulement du protocole instrumental, à un moment précis, non aléatoire, à un moment nécessaire, une représentation a lieu.

2'15"

H : Chargées d'énergie, des particules circulent dans un espace clos, dans un temps limité. Appelons cet espace la cité ; assimilons l'énergie au désir ; nous obtenons une métaphore de la vie.

F : Tu crois délimiter des êtres individuels,
À chaque instant ton œil accomplit une mesure
Il y a des exceptions, des cas résiduels
Mais tu es sûr de toi, tu connais la nature.

H : Obéissant à la théorie des chocs, les particules se hérissent en réaction de carapaces, d'épines, d'armes défensives ou offensives ; nous obtenons une métaphore de l'évolution animale.

F : Au milieu de la nuit tu vois des trajectoires
Des objets qui circulent, nets comme en plein midi,
Pour toi la liberté est le sens de l'histoire
Et l'action à distance est un rêve imprécis.

H : Comme le roc a besoin de l'eau
Qui le creuse,
Nous avons besoin de nouvelles métaphores.

F : Tu as un agenda et des coordonnées,
Les humains sont mobiles et souvent vulnérables
Ils se heurtent aux humains pendant quelques années,
Puis ils se décomposent en agrégats instables.

Deux particules sont réunies
Et leur fonction d'onde est conjointe
Puis elles se séparent dans la nuit,
Elles s'écartent.

Soumettons la particule B à l'action d'un champ électrique,
La particule A réagira de manière identique
Quelle que soit la distance
Il y aura une action, une influence.

H : La séparation du monde en objets est une projection mentale. Des phénomènes ont lieu ; un dispositif expérimental est fixé. Concernant le résultat des mesures, un accord peut se produire dans la communauté des observateurs. Avec une certaine approximation, on peut définir des valeurs. Ces valeurs sont le résultat d'une interaction entre le monde, la conscience et l'instrument. Ainsi, par le biais d'une intersubjectivité raisonnable, nous pouvons témoigner sur ce que nous avons observé, ce que nous avons vu, ce que nous avons appris.

ENTRETIEN AVEC SABINE AUDRERIE

*Cet entretien est paru dans le numéro 5 (avril 1997) d'*Encore.

Après Le sens du combat, *vous entreprenez de modifier* La poursuite du bonheur, *votre premier recueil de poèmes. La poésie est-elle un genre que vous privilégiez de plus en plus ?*

Pas vraiment, je suis en train d'essayer d'écrire un roman. J'ai l'impression de me développer dans deux directions contradictoires : de plus en plus impitoyable et sordide en prose, de plus en plus lumineux et bizarre en poésie. Quand je vais trop loin dans une voie, je suis aussitôt tenté de me précipiter dans l'autre. C'est un équilibre dynamique, probablement inférieur à une synthèse ; mais c'est le mieux que je puisse faire pour l'instant.

La poésie n'est-elle pas plus directement destinée à susciter l'émotion, à exprimer une vie intérieure ?

C'est surtout une vision du monde plus mystérieuse. La poésie réveille des choses cachées, inexprimables par d'autres moyens... et je suis toujours surpris par le résultat. C'est parfois lié à la musicalité, parfois non ; c'est parfois simplement une perception étrange, totalement désengagée. Il est curieux de rencontrer en soi-même des choses inexplicables ; je suis de plus en plus persuadé que la beauté, non reliée au désir, a forcément quelque chose d'étrange. Ça peut se rencontrer dans un roman, mais c'est beaucoup plus rare, on est entraîné par la mécanique des événements et des personnages. Sans jouer sur les mots, on peut probablement dire que la part active dans un roman est de l'ordre de la poésie.

Pourrait-on qualifier le poète d'aujourd'hui de « maudit » ?

C'est encore pire. La poésie est une activité complètement désespérée. Pourtant beaucoup de gens, au cours de leur vie, ressentent le besoin d'écrire des poèmes ; mais plus personne n'en lit. L'idée s'est installée que la poésie était forcément ennuyeuse ; et le besoin poétique n'est que partiellement comblé par la chanson.

Vous ne vous sentez pas très proche des poètes contemporains ?

J'ai lu beaucoup de poètes du siècle précédent, pas tellement ceux de mon siècle. Mon époque de prédilection – en poésie comme en musique – reste la première période du romantisme allemand. Il serait difficile de retrouver cela aujourd'hui, l'époque se prête mal au pathétique et au lyrisme. Je ne me situe ni pour ni contre aucune avant-garde, mais je me rends compte que je me singularise par le simple fait que je m'intéresse moins au langage qu'au monde. Je suis fasciné par les phénomènes inédits du monde dans lequel nous vivons, et je ne comprends pas comment les autres poètes arrivent à s'y soustraire : vivent-ils tous à la campagne ? Tout le monde va au supermarché, lit des magazines, tout le monde a une télévision, un répondeur... Je n'arrive absolument pas à dépasser cet aspect des choses, à échapper à cette réalité ; je suis effroyablement perméable au monde qui m'entoure.

Vous avez très peu modifié le texte de Rester vivant, *votre « méthode ».*

C'est un texte très « premier jet », difficile à modifier. Et c'est vrai qu'il définit une méthode à laquelle, jusqu'à présent, je suis resté fidèle. Je sais qu'*Extension du domaine de la lutte*, mon premier roman, a produit un effet de surprise. Ceux (très rares) qui avaient lu *Rester vivant* ont probablement été moins surpris que les autres.

Quel peut être le rôle de la littérature dans le monde, vidé de tout sens moral, que vous décrivez ?

De toute façon un rôle pénible. En mettant le doigt sur les plaies, on se condamne à un rôle antipathique. Compte tenu du discours quasi féerique développé par les médias, il est facile de faire preuve de qualités littéraires en développant l'ironie, la négativité, le cynisme. C'est après que cela devient très difficile : quand on souhaite dépasser le cynisme. Si quelqu'un aujourd'hui parvient à développer un discours à la fois honnête et positif, il modifiera l'histoire du monde.

ENTRETIEN AVEC VALÈRE STARASELSKI

Cet entretien est paru dans L'Humanité *du 5 juillet 1996.*

Michel Houellebecq, les titres de vos ouvrages sonnent comme autant d'appels à la résistance à un monde dont vous montrez à travers le quotidien le plus apparemment insignifiant, et particulièrement dans l'entreprise – fait rare en littérature – qu'il s'érige sur une mystification de plus en plus flagrante. N'est-ce pas le fait que vous exprimiez carrément, en quelque sorte, un non-dit social et politique qui explique l'impact de vos livres ?

Mes personnages ne sont ni riches, ni célèbres ; ce ne sont pas non plus des marginaux, des délinquants ni des exclus. On peut trouver des secrétaires, des techniciens, des employés de bureau, des cadres. Des gens qui perdent parfois leur emploi, qui sont parfois victimes d'une dépression. Donc des gens tout à fait moyens, a priori peu attirants d'un point de vue romanesque. C'est sans doute cette présence d'un univers banal, rarement décrit (d'autant plus rarement que les écrivains le connaissent mal) qui a surpris dans mes livres – en particulier dans mon roman. Peut-être aussi suis-je parvenu, en effet, à décrire certains mensonges usuels, pathétiques, que les gens se font à eux-mêmes pour supporter le malheur de leurs vies.

Décrivant un monde que le libéralisme vide de son humanité, vous estimez que « cet effacement progressif des relations humaines n'est pas sans poser certains problèmes au roman... Nous sommes loin des Hauts de Hurlevent, *c'est le moins qu'on puisse dire. La forme romanesque n'est pas conçue pour peindre l'indifférence, ni le néant ; il faudrait inventer une articulation plus plate, plus concise et plus morne. » La question ne se pose-t-elle pas pour la poésie ?*

Nous vivons toujours des moments étranges, d'une très grande densité, pour lesquels la poésie est un moyen de traduction naturel et immédiat. Ce qui est typiquement moderne, c'est que ces moments ont beaucoup de mal à s'insérer dans une continuité sensée. Voilà une chose que beaucoup de gens ressentent : par brefs instants, ils vivent ; pourtant, leur vie prise dans son ensemble n'a ni direction ni sens. C'est pour cela qu'il est devenu difficile d'écrire un roman honnête, dénué de clichés, dans lequel, pourtant, il puisse y avoir une progression romanesque. Je ne suis pas très certain d'avoir trouvé une solution ; j'ai l'impression qu'on peut procéder par injection brutale dans la matière romanesque de théorie et d'histoire.

Les bouleversements des relations et du statut des hommes et des femmes se répercutent dans vos textes. De manière douloureuse, souvent. Que vous inspire le vers d'Aragon « l'avenir de l'homme est la femme » ?

Ce qu'on a appelé la « libération de la femme » arrangeait plutôt les hommes, qui y voyaient l'occasion d'une multiplication des rencontres sexuelles. Il s'en est ensuivi une dissolution du couple et de la famille, c'est-à-dire des dernières communautés qui séparaient l'individu du marché. Je crois que c'est très généralement une catastrophe humaine ; mais que, là encore, ce sont les femmes qui en souffrent le plus. En situation traditionnelle, l'homme évoluait dans un monde plus libre et plus ouvert que celui de la femme ; c'est-à-dire également dans un monde plus dur, plus compétitif, plus égoïste et plus violent. Classiquement, les valeurs féminines étaient empreintes d'altruisme, d'amour, de compassion, de fidélité et de douceur. Même si ces valeurs ont été tournées en dérision, il faut le dire nettement : ce sont des valeurs de civilisation supérieures, dont la disparition totale serait une tragédie.

Dans ce contexte, le vers d'Aragon que vous citez me paraît relever d'un optimisme invraisemblable ; mais les vieux poètes ont le droit de devenir visionnaires, de se projeter dans un avenir dont les premiers linéaments sont encore inaperçus. Dans l'histoire de l'humanité, il est en effet possible que la masculinité soit une parenthèse – une parenthèse malheureuse.

On a reproché aux partis politiques, PCF compris, de véhiculer un conformisme à la longue mortifère, d'agir selon des pratiques qui ne correspondent plus aux besoins vitaux de la société et de fonctionner beaucoup trop en circuit fermé. Qu'en pensez-vous ? Et, dans un moment où des artistes traitent, notamment dans le cinéma, de questions cruciales au regard de la civilisation et n'hésitent pas à prendre en charge le monde dans leurs œuvres, comment envisagez-vous les relations entre l'art et le politique dans la société actuelle ?

Depuis septembre 1992, où nous avons commis l'erreur de voter oui à Maastricht, un sentiment nouveau s'est répandu dans le pays : le sentiment que les hommes politiques ne peuvent rien faire, n'ont aucun contrôle réel sur les événements, et en auront de moins en moins. Par le biais d'une fatalité économique inexorable, la France bascule lentement dans le camp des pays moyens-pauvres. Ce que le public éprouve pour les hommes politiques, dans ces conditions, c'est évidemment du mépris. Les hommes politiques le sentent, et se méprisent eux-mêmes. On assiste à un jeu truqué, malsain, funeste. De tout cela, il est difficile de prendre une conscience exacte. Pour répondre à la deuxième partie de votre question : si l'art parvenait à donner une image à peu près honnête du chaos actuel, je crois que ce serait déjà énorme ; et qu'on ne pourrait vraiment rien lui demander de plus. Si l'on se sent capable d'exprimer une pensée cohérente, c'est bien ; si l'on a des doutes, il faut également en faire part. À titre personnel, il me semble que la seule voie est de continuer à exprimer, sans compromis, les contradictions qui me déchirent ; tout en sachant que ces contradictions s'avéreront, très vraisemblablement, représentatives de mon époque.

À plusieurs reprises vous évoquez dans vos textes la figure de Robespierre, et dans un entretien vous vous dites partisan d'une société communiste, tout en reconnaissant que ça ne marcherait pas très bien avec des individus comme vous. Par ailleurs, dans votre poème Dernier rempart contre le libéralisme, *vous vous référez à l'encyclique de Léon XIII sur la mission sociale de l'Évangile. Politiquement, comment faire, selon vous, pour que l'homme reste dans l'homme ?*

L'anecdote est peut-être apocryphe, mais je l'aime beaucoup : ce serait Robespierre qui aurait insisté pour ajouter le mot « fraternité » à la devise de la République. Comme s'il avait senti, dans une intuition fulgurante, que la liberté et l'égalité étaient deux termes antinomiques ; qu'un troisième terme était absolument indispensable. Même intuition dans les derniers temps lorsqu'il tente d'engager le combat contre l'athéisme, de promouvoir le culte de l'Être Suprême (ceci en plein milieu des périls, de la disette, de la guerre extérieure et civile) ; on peut y voir une préfiguration du concept comtien de Grand Être. Plus généralement, je crois peu vraisemblable qu'une civilisation puisse subsister longtemps sans religion quelconque (en précisant bien qu'une religion peut être athée, comme l'est par exemple le bouddhisme). La conciliation raisonnée des égoïsmes, erreur du siècle des Lumières à laquelle les libéraux continuent à se référer dans leur incurable niaiserie (à moins que ce ne soit un cynisme, qui d'ailleurs reviendrait au même) me paraît une base d'une dérisoire fragilité. Dans l'entretien dont vous parlez, je me décrivais comme « communiste mais non marxiste » ; l'erreur du marxisme a été de s'imaginer qu'il suffisait de changer les structures économiques, que le reste suivrait. Le reste, on l'a vu, n'a pas suivi. Si par exemple les jeunes Russes se sont si rapidement adaptés à l'ambiance répugnante d'un capitalisme mafieux, c'est que le régime précédent s'était montré incapable de promouvoir l'altruisme. S'il n'y est pas parvenu, c'est que le matérialisme dialectique, basé sur les mêmes pré-

misses philosophiques erronées que le libéralisme, est par construction incapable d'aboutir à une morale altruiste.
Cela dit, quoique douloureusement conscient de la nécessité d'une dimension religieuse, je suis à titre personnel foncièrement a-religieux. Le problème est qu'aucune religion actuelle n'est compatible avec l'état général des connaissances ; ce qu'il nous faudrait, c'est carrément une nouvelle ontologie. Ces problèmes peuvent paraître exagérément intellectuels ; je crois cependant qu'ils ont, de proche en proche, d'énormes conséquences concrètes. Si rien ne se produit de ce côté, à mon avis, la civilisation occidentale n'a aucune chance.

TEMPS MORTS

Ces chroniques sont parues dans les numéros 90 à 97 des Inrockuptibles *(février-mars 1997). Les titres sont de Sylvain Bourmeau.*

Que viens-tu chercher ici ?

« Après le succès phénoménal de la première édition », le deuxième salon de la vidéo *hot* se tient au parc des expositions de la porte Champerret. J'ai à peine le temps de déboucher sur l'esplanade qu'une jeune femme dont j'ai tout oublié me remet un tract. J'essaie de lui parler, mais elle a déjà rejoint un petit groupe de militants qui battent la semelle pour se réchauffer, chacun un paquet de tracts à la main. Une question barre la feuille qu'elle m'a remise : « Que viens-tu chercher ici ? » Je m'approche de l'entrée ; le parc des expositions est en sous-sol. Deux escalators ronronnent faiblement au milieu d'un espace immense. Des hommes entrent, seuls ou par petits groupes. Plutôt qu'à un temple souterrain de la luxure, l'endroit fait vaguement penser à un Darty. Je descends quelques marches, puis je ramasse un catalogue abandonné. Il émane de Cargo VPC, société de vente par correspondance spécialisée dans la vidéo X. Oui, qu'est-ce que je fais ici ?

De retour dans le métro, j'entame la lecture du tract. Sous le titre : « La pornographie, ça te pourrit la tête », il développe l'argumentation suivante. Chez tous les délinquants sexuels, violeurs, pédophiles, etc., on a retrouvé de nombreuses cassettes pornographiques. La vision répétée de cassettes pornographiques provoquerait « selon tous les travaux » un brouillage des frontières entre le fantasme et la réalité, facilitant le passage à l'acte, en même temps qu'elle ôterait tout agrément aux « pratiques sexuelles conventionnelles ».

« Qu'est-ce que vous en pensez ? », j'entends la question avant de voir mon interlocuteur. Jeune, cheveux courts, l'air intelligent et un peu anxieux, il se tient devant moi. Le métro arrive, ce qui me laisse le temps de me remettre de ma surprise. Pendant des années j'ai marché dans les rues en me demandant si le jour viendrait où quelqu'un m'adresserait la parole – pour autre chose que pour me demander de l'argent. Eh bien voilà, ce jour est venu. Il a fallu pour cela le deuxième salon de la vidéo *hot*.

Contrairement à ce que je pensais, ce n'est pas un militant anti-pornographie. En fait, il revient du salon. Il est entré. Et ce qu'il a vu l'a mis plutôt mal à l'aise. « Que des hommes... il y avait quelque chose de violent dans leur regard. » J'objecte que le désir donne souvent aux traits un masque tendu, violent, oui. Mais non, il sait cela, il ne veut pas parler de la violence du désir, mais d'une *violence réellement violente*. « Je me suis trouvé au milieu de groupes d'hommes... (le souvenir semble l'oppresser légèrement), beaucoup de cassettes de viols, de séances de torture... ils étaient excités, leur regard, l'atmosphère... C'était... » J'écoute, j'attends. « J'ai l'impression que ça va tourner mal » conclut-il brutalement avant de descendre à la station Opéra.

Nettement plus tard, chez moi, je retrouve le catalogue de Cargo VPC. Le scénario de *Sodos d'ados* nous promet « des saucisses de Francfort dans le petit trou, des raviolis plein le sexe, de la baise dans la sauce tomate ». Celui de *Frères Éjac n° 6* met en scène « Rocco le laboureur de culs : blondes rasées, brunes humides, Rocco transforme les rectums en volcan pour y cracher sa lave bouillante ». Enfin, le résumé de *Salopes violées n° 2* mérite d'être cité intégralement : « Cinq superbes salopes se font agresser, sodomiser, violenter par des sadiques. Elles auront beau se débattre et sortir leurs griffes, elles finiront rouées de coups, transformées en vide-couilles humains. » Il y en a soixante pages dans ce style. J'avoue que je ne m'attendais pas à cela. Pour la première fois de ma vie, je commence à éprouver une vague sympathie pour les féministes américaines. Depuis quelques années j'avais bien entendu parler de l'apparition d'une mode *trash*, que je mettais bêtement sur le compte de l'exploitation d'un nouveau segment de marché. Niaiserie économiste, m'expose dès le lendemain mon amie Angèle, auteur d'une thèse de doctorat sur le comportement mimétique chez les reptiles. Le phénomène est beaucoup plus profond. « Pour se réaffirmer dans sa puissance virile, attaque-t-elle d'un ton enjoué, l'homme ne se satisfait plus de la simple pénétration. Il se sent en effet constamment évalué, jugé, comparé aux autres mâles. Pour chasser ce malaise, pour parvenir à éprouver du plaisir, il a maintenant besoin de frapper, d'humilier, d'avilir sa partenaire ; de la sentir complètement à sa merci. Ce phénomène, conclut-elle avec le sourire, commence d'ailleurs à s'observer également chez les femmes. »

« Donc, nous sommes foutus » dis-je après un temps. Eh bien, selon elle, oui. Vraisemblablement, oui.

L'Allemand

Voici comment se déroule la vie de l'Allemand. Pendant sa jeunesse, pendant son âge mûr, l'Allemand *travaille* (généralement en Allemagne). Il est parfois au chômage, mais moins souvent que le Français. Les années passant, quoi qu'il en soit, l'Allemand atteint l'âge de la retraite ; il a dorénavant le choix de son lieu de résidence. S'installe-t-il alors dans une fermette en Souabe ? Dans une maison de la banlieue résidentielle de Munich ? Parfois, mais en réalité de moins en moins. Une profonde mutation s'opère en l'Allemand âgé de cinquante-cinq à soixante ans. Comme la cigogne en hiver, comme le hippie d'âges plus anciens, comme l'Israélien adepte du *Goa trance*, l'Allemand sexagénaire *part vers le Sud*. On le retrouve en Espagne, souvent sur la côte entre Carthagène et Valence. Certains spécimens – d'un milieu socio-culturel en général plus aisé – ont été signalés aux Canaries ou à Madère.

Cette mutation profonde, existentielle, définitive, surprend peu l'entourage ; elle a été préparée par de multiples séjours de vacances, rendue presque inévitable par l'achat d'un appartement. Ainsi l'Allemand vit, il profite de ses dernières belles années. Ce phénomène m'a été pour la première fois révélé en novembre

1992. Circulant en voiture un peu au nord d'Alicante, j'eus l'étrange idée de m'arrêter dans une mini-ville, qu'on pourrait par analogie qualifier de village ; la mer était extrêmement proche. Ce village ne portait pas de nom ; probablement n'avait-on pas eu le temps – aucune maison, visiblement, n'était antérieure à 1980. Il était environ dix-sept heures. Marchant par les rues désertes, j'ai d'abord constaté un curieux phénomène : les enseignes des magasins et des cafés, les menus des restaurants, tout était rédigé en langue allemande. J'ai acheté quelques provisions, puis j'ai constaté que l'endroit commençait à s'animer. Une population de plus en plus dense se pressait dans les rues, dans les places, sur le front de mer ; elle semblait animée d'un vif appétit de consommation. Des ménagères sortaient des résidences. Des moustachus se saluaient avec chaleur, et semblaient mettre au point les détails d'une soirée. L'homogénéité de cette population, d'abord frappante, devint peu à peu obsédante, et je dus vers dix-neuf heures me rendre à l'évidence : LA VILLE ÉTAIT ENTIÈREMENT PEUPLÉE DE RETRAITÉS ALLEMANDS.

Structurellement, la vie de l'Allemand évoque donc d'assez près la vie du travailleur immigré. Soit un pays A, et un pays B. Le pays A est conçu comme un pays de travail ; tout y est fonctionnel, ennuyeux et précis. Quant au pays B, on y passe son temps de loisir ; ses vacances, sa retraite. On regrette d'en partir, on aspire à y retourner. C'est dans le pays B qu'on noue de véritables amitiés, des amitiés profondes ; c'est dans le pays B qu'on fait l'acquisition d'une résidence, résidence qu'on souhaite léguer à ses enfants. Le pays B est généralement situé plus au Sud.

Peut-on en conclure que l'Allemagne est devenue

une région du monde où l'Allemand n'a plus envie de vivre, et dont il s'échappe dès que possible ? Je crois qu'on peut le conclure. Son opinion sur son pays natal rejoint donc celle du Turc. Il n'y a aucune réelle différence ; il demeure, cependant, quelques ajustements de détail.

En général l'Allemand est doté d'une *famille*, composée d'un à deux enfants. Comme leurs parents à leur âge, ces enfants *travaillent*. Voici pour notre retraité l'occasion d'une micro-migration – très saisonnière, puisqu'elle se déroule pendant la période des fêtes, soit entre Noël et le jour de l'an. *(ATTENTION : le phénomène décrit par la suite n'est pas observable pour le travailleur immigré proprement dit ; les détails m'en ont été communiqués par Bertrand, serveur à la brasserie* Le Méditerranée, *à Narbonne.)*

La route est longue entre Carthagène et Wuppertal, même à bord d'une puissante voiture. Le soir venu, il n'est donc pas rare que l'Allemand ressente la nécessité d'une étape ; la région Languedoc-Roussillon, dotée de possibilités hôtelières modernes, offre une option satisfaisante. À ce stade, le plus dur est fait – le réseau autoroutier français reste, quoi qu'on en dise, supérieur au réseau espagnol. Gagné par une légère détente après le repas (huîtres de Bouzigues, supions à la provençale, petite bouillabaisse pour deux personnes en saison), l'Allemand s'épanche. Il parle alors de sa fille, qui travaille dans une galerie d'art à Düsseldorf ; de son gendre informaticien ; des problèmes de leur couple, et des solutions possibles. Il parle.

« Wer reitet so spät durch Nacht und Wind ?
Es ist der Vater mit seinem Kind. »

Ce que dit l'Allemand, à cette heure et à ce stade, n'a plus beaucoup d'importance. Il se trouve de toute façon dans un pays intermédiaire, et peut laisser libre cours à ses pensées profondes ; et des pensées profondes, il en a.

Plus tard, il dort ; c'est probablement ce qu'il a de mieux à faire.

C'était notre rubrique : « La parité franc-mark, le modèle économique allemand ». Bonne nuit à tous.

L'abaissement de l'âge de la retraite

Jadis, nous étions animateurs de villages de vacances ; nous étions payés pour amuser les gens, pour essayer d'amuser les gens. Plus tard, mariés (le plus souvent divorcés), nous sommes retournés en village de vacances, en tant que clients cette fois. Des jeunes, d'autres jeunes ont tenté de nous amuser. Pour notre part, nous avons tenté d'établir des relations sexuelles avec certains membres du village de vacances (parfois d'ex-animateurs, parfois non). Nous avons parfois réussi ; le plus souvent nous avons échoué. Nous ne nous sommes pas beaucoup amusés. Aujourd'hui, conclut l'ex-animateur de village de vacances, il n'y a vraiment plus aucun sens à donner à notre vie.

Construit en 1995, le *Holiday Inn Resort* de Safaga, sur les côtes de la mer Rouge, offre 327 chambres et 6 suites spacieuses et agréables. Parmi les équipements on peut citer le hall d'accueil, le *coffee-shop*, le restaurant, le restaurant de plage, la discothèque et la terrasse d'animation. L'arcade commerciale comporte différentes boutiques, banque, coiffeur. L'animation est assurée par une sympathique équipe franco-italienne (soirées dansantes, jeux divers). En résumé, et pour reprendre l'expression du voyagiste, on a affaire à une « très belle unité ».

L'abaissement de l'âge de la retraite à cinquante-cinq ans, reprit l'ex-animateur de villages de vacances, serait une mesure favorablement accueillie par les professionnels du tourisme. Il est difficile de rentabiliser une structure de cette taille sur la base d'une saison courte et discontinue, essentiellement limitée à la période estivale – dans une moindre mesure aux vacances d'hiver. La solution passe évidemment par la constitution de charters de retraités jeunes, bénéficiant de tarifs préférentiels, qui permettraient d'harmoniser les flux. Après la disparition du conjoint, le retraité se retrouve un peu dans la situation de l'enfant : il voyage en groupe, il doit se faire des camarades. Mais alors que les garçons jouent entre garçons, que les filles bavardent entre filles, les retraités se retrouvent volontiers sans distinction de sexe. De fait on constate qu'ils multiplient les allusions et les sous-entendus à caractère sexuel ; leur lubricité verbale est proprement stupéfiante. Aussi pénible qu'elle puisse être sur le moment, force est de constater que la sexualité semble être une chose qu'on regrette par la suite, un thème sur lequel on aime à broder des variations nostalgiques. Ainsi des amitiés se nouent, à deux ou à trois. C'est ensemble qu'on découvre les taux de change, qu'on programme une excursion en 4 × 4. Un peu tassés, les cheveux courts, les retraités ressemblent à des gnomes – grincheux ou gentils, suivant leur personnalité propre. Leur robustesse est souvent étonnante, conclut l'ex-animateur.

« Moi je dis à chacun sa religion, et toutes les religions sont respectables » intervint sans réel à-propos le responsable du réveil musculaire. Vexé par cette interruption, l'ex-animateur se réfugia dans un silence peiné. Âgé de cinquante-deux ans, il était en cette fin janvier l'un des plus jeunes clients. Du reste il n'était pas en retraite mais en pré-retraite, ou en convention de conversion, quelque chose dans ce genre. Faisant état auprès de tous de sa qualité d'ex-professionnel du tourisme, il avait su se créer un personnage auprès de l'équipe d'animation. « J'ai fait l'ouverture du premier Club Med au Sénégal », aimait-il à rappeler. Puis il chantonnait, esquissant un pas de danse : « J'vais aller m'éclater au Sééé-né-gal / Avec une copiii-ne de cheval. » Enfin, c'était un type très chouette. Je ne fus cependant nullement surpris quand le lendemain matin on retrouva son cadavre, flottant entre deux eaux dans la piscine-lagon.

Calais, Pas-de-Calais

Puisque je vois que tout le monde est réveillé [1], j'en profite pour signaler une petite pétition, à mon avis insuffisamment médiatisée : celle lancée par Robert Hue et Jean-Pierre Chevènement pour demander la tenue d'un référendum sur la monnaie unique. C'est vrai que le Parti communiste n'est plus ce qu'il était, que Jean-Pierre Chevènement ne représente que lui-même « et encore » ; il n'empêche qu'ils rejoignent un vœu majoritaire, et que Jacques Chirac avait promis ce référendum. Ce qui, techniquement et à l'heure où je parle, fait de lui un menteur.

Je n'ai pas l'impression de faire preuve d'une finesse d'analyse exceptionnelle en diagnostiquant que nous vivons dans un pays dont la population s'appauvrit, a la sensation qu'elle va s'appauvrir de plus en plus, et se montre en outre persuadée que tous ses malheurs viennent de la compétition économique internationale (simplement parce que la « compétition économique internationale », elle est en train de la perdre). L'Europe, il y a encore quelques années, tout le monde s'en fou-

1. Allusion au « réveil citoyen » qui faisait la couverture du numéro précédent des *Inrockuptibles* (à propos de l'affaire des sans-papiers).

tait ; voilà bien un projet qui n'avait pas soulevé la moindre opposition, ni le moindre enthousiasme ; aujourd'hui, disons que certains inconvénients sont apparus, et qu'on a plutôt le sentiment d'une hostilité croissante. Ce qui, après tout, serait déjà un argument pour un référendum. Je rappelle que le référendum de Maastricht en 1992 a bien failli ne pas se tenir (la palme historique du mépris revenant sans doute à Valéry Giscard d'Estaing, qui avait estimé le projet « trop complexe pour être soumis au vote »), et qu'une fois arraché il a bien failli se solder par un NON, alors que l'ensemble des hommes politiques et des médias responsables appelaient à voter OUI.

Cette profonde, et presque incroyable obstination des partis politiques « de gouvernement » à poursuivre un projet qui n'intéresse personne, et qui commence même à écœurer tout le monde, peut à elle seule expliquer bien des choses. À titre personnel, quand on me parle de nos « valeurs démocratiques », j'ai du mal à ressentir l'émotion requise ; ma première réaction serait plutôt d'éclater de rire. S'il y a une chose dont je suis sûr, quand on me demande de choisir entre Chirac et Jospin (!) et qu'on refuse de me consulter sur la monnaie unique, c'est que nous ne sommes *pas* en démocratie. Bon, la démocratie n'est peut-être pas le meilleur des régimes, c'est comme on dit la porte ouverte à de « dangereuses dérives populistes » ; mais alors je préférerais qu'on nous le dise franchement : les grandes orientations sont prises depuis longtemps, elles sont sages et justes, vous ne pouvez même pas exactement les comprendre ; il vous est cependant possible, en fonction de votre sensibilité, d'apporter telle ou telle coloration politique à la composition du futur gouvernement.

Dans *Le Figaro* du 25 février, je relève d'intéressantes statistiques concernant le Pas-de-Calais. 40 % de la population y vit en dessous du seuil de pauvreté (chiffres de l'INSEE) ; six ménages sur dix y sont dispensés du paiement de l'impôt sur le revenu. Contrairement à ce qu'on pourrait croire, le Front national réalise des scores médiocres ; il est vrai que la population immigrée est en diminution constante (par contre le taux de fécondité est très bon, nettement supérieur à la moyenne nationale). En fait le député-maire de Calais est un communiste, qui présente l'intéressante particularité d'être le seul à avoir voté contre l'abandon de la dictature du prolétariat.

Calais est une ville impressionnante. D'habitude, dans une ville de province de cette taille, il y a un centre historique, des rues piétonnes animées le samedi après-midi, etc. À Calais, rien de semblable. La ville a été rasée à 95 % lors de la Seconde Guerre mondiale ; et dans les rues, le samedi après-midi, il n'y a personne. On longe des immeubles abandonnés, d'immenses parkings déserts (c'est certainement la ville de France où il est le plus facile de se garer). Le samedi soir est un peu plus gai, mais d'une gaieté particulière. Presque tout le monde est saoul. Au milieu des troquets il y a un casino, avec des rangées de machines à sous où les Calaisiens viennent claquer leur RMI. Le lieu de promenade du dimanche après-midi est l'entrée du tunnel sous la Manche. Derrière les grilles, le plus souvent en famille, poussant parfois un landau, les gens regardent passer l'Eurostar. Ils font un signe de main au conducteur, qui klaxonne en réponse avant de s'engouffrer sous la mer.

Comédie métropolitaine

La femme parlait de se pendre ; l'homme portait un tissu confortable. Les femmes se pendent rarement, en fait ; elles restent fidèles aux barbituriques. « Top niveau » : c'était top niveau. « Il faut évoluer » : pourquoi ? Entre nous, les coussins de la banquette perdaient leurs entrailles. Le couple descendit à Maisons-Alfort. Un créatif d'environ vingt-sept ans vint s'asseoir à mes côtés. Il me fut d'emblée antipathique (peut-être son catogan, ou sa petite moustache décalée ; peut-être aussi une vague ressemblance avec Maupassant). Il déplia une lettre de plusieurs pages, entama sa lecture ; la rame approchait de la station Liberté. La lettre était rédigée en anglais, et lui était vraisemblablement adressée par une Suédoise (je vérifiai le soir même sur mon Larousse illustré ; en effet Uppsala est en Suède, c'est une ville de cent cinquante-trois mille habitants, qui dispose d'une université très ancienne ; il ne semble pas y avoir grand-chose d'autre à en dire). Le créatif lisait lentement, son anglais était médiocre, je n'eus aucun mal à reconstituer le détail de l'affaire (fugitivement je pris conscience que ma moralité ne s'arrangeait pas vraiment ; mais après tout le métro est un espace public, non ?) À l'évidence, ils s'étaient rencontrés l'hiver dernier à Chamrousse (mais aussi quelle idée, pour une Suédoise, d'aller faire du ski dans les Alpes ?) Cette rencontre avait changé sa vie. Elle ne pouvait plus faire autre chose que penser à lui, et d'ailleurs elle n'essayait même pas (à ce moment il eut un rictus de vanité insupportable, s'étala un peu plus dans le siège, lissa sa moustache). À travers les mots qu'elle employait, on sentait qu'elle commençait à avoir peur. Elle était prête à tout pour le retrouver, elle envisageait de chercher un travail en France, peut-être quelqu'un pourrait l'héberger, il y avait des possibilités comme jeune fille au pair. Mon voisin eut un froncement de sourcils agacé ; en effet un jour ou l'autre il allait la voir débarquer, on la sentait tout à fait prête à quelque chose de ce genre. Elle savait qu'il était très occupé, qu'il avait beaucoup d'affaires en cours (ça me paraissait douteux ; il était quand même trois heures de l'après-midi, et le type n'avait pas l'air spécialement à la bourre). À ce moment il jeta autour de lui un regard un peu terne, mais nous n'étions encore qu'à la station Daumesnil. La lettre se concluait sur cette phrase : *« I love you and I don't want to loose you. »* J'ai trouvé ça très beau ; il y a des jours où j'aimerais bien écrire comme ça. Elle signait *« Your's Ann-Katrin »*, entourait sa signature de petits cœurs. On était le vendredi 14 février, jour de la Saint-Valentin (cette coutume commerciale d'origine anglo-saxonne a paraît-il très bien pris dans les pays nordiques). Je me suis dit que les femmes étaient vraiment courageuses, parfois.

Le type descendait à Bastille, et moi aussi. J'eus un instant envie de le suivre (allait-il dans un bar à tapas, ou sinon quoi ?), mais j'avais rendez-vous avec Bertrand Leclair à *La Quinzaine Littéraire*. Dans le cadre de cette chronique, j'envisageais d'engager une polémique avec Bertrand Leclair sur Balzac. D'abord parce que je perçois mal en quoi l'adjectif de *balzacien* dont il affuble de temps à autre tel ou tel romancier a quoi que ce soit de péjoratif ; ensuite parce que j'en ai un peu marre des polémiques sur Céline, auteur surfait. Mais, tout compte fait, Bertrand n'a plus très envie de critiquer Balzac ; il est au contraire frappé par son incroyable liberté ; il a l'air de penser que si nous avions, aujourd'hui, des romanciers *balzaciens*, ce ne serait pas forcément une catastrophe. Nous convenons qu'un romancier d'une telle puissance est nécessairement un immense producteur de clichés ; que ces clichés restent ou non valables aujourd'hui c'est une autre question, qu'il convient d'examiner soigneusement, au cas par cas. Fin de la polémique. Je repense à cette pauvre Ann-Katrin, que j'imagine sous les traits pathétiques d'Eugénie Grandet (impression de vitalité anormale qui se dégage de tous les personnages de Balzac, qu'ils soient bouleversants ou odieux). Il y a ceux qu'on n'arrive pas à tuer, qui ressurgissent d'un livre à l'autre (dommage qu'il n'ait pas connu Bernard Tapie). Il y a aussi les personnages sublimes, qui s'inscrivent immédiatement dans la mémoire – justement parce qu'ils sont sublimes, et cependant réels. Balzac réaliste ? On pourrait dire « romantique », aussi bien. En tout cas, je ne pense pas qu'il se sentirait dépaysé de nos jours. Après tout, dans la vie, il demeure de réels éléments de mélodrame. Surtout dans la vie des autres, d'ailleurs.

Juste un coup à prendre

Dans l'après-midi du samedi, à l'occasion du Salon du livre, le Festival du premier roman de Chambéry organisait un débat autour du thème : « Le premier roman est-il devenu un produit commercial ? » L'affaire était prévue pour durer une heure et demie, malheureusement Bernard Simeone a tout de suite donné la bonne réponse, qui est OUI. Il en a même clairement expliqué les raisons : en littérature comme partout, le public a besoin de nouvelles têtes (je crois d'ailleurs qu'il a employé l'expression plus brutale de « chair fraîche »). Il n'avait pas de mérite à voir les choses clairement, s'excusa-t-il ; il passait la moitié de sa vie en Italie, pays qui lui paraissait dans beaucoup de domaines être *à l'avant-garde du pire*. Le débat a ensuite dérivé sur le rôle de la critique littéraire, sujet plus confus.

Concrètement la chose démarre fin août, avec des accroches du style « Le romancier nouveau est arrivé » (photo de groupe sur le pont des Arts, ou dans un garage de Maisons-Alfort) et s'achève en novembre au moment de la remise des prix. Ensuite il y a le beaujolais nouveau, la bière de Noël, tout ça permet de tenir tranquillement jusqu'aux fêtes. La vie ce n'est pas si difficile, c'est juste un coup à prendre. Soulignons au passage l'hommage rendu à la littérature par l'industrie, puisqu'elle associe les joies littéraires à la période la plus sombre, au lundi de l'année, à l'entrée dans le tunnel. Roland-Garros, à l'inverse, est plutôt organisé en juin. Je serais en tout cas le dernier à critiquer mes confrères qui font n'importe quoi sans jamais comprendre exactement ce qu'on leur demande. Personnellement, j'ai eu beaucoup de chance. Il y a juste eu un petit dérapage avec *Capital*, le magazine du groupe Ganz (que d'ailleurs je confondais avec l'émission du même nom sur M6). La fille n'avait pas de caméra, ce qui aurait dû m'alerter ; j'ai quand même été surpris lorsqu'elle m'a avoué qu'elle n'avait pas lu une ligne. Je n'ai saisi que plus tard, en lisant le dossier « CADRE LE JOUR, ÉCRIVAIN LA NUIT : PAS FACILE D'ÉGALER PROUST OU SULITZER » (dans lequel, par parenthèse, mes propos ne figuraient pas). En fait, elle aurait aimé que je lui raconte *ma merveilleuse histoire*. Il aurait fallu me prévenir, j'aurais pu faire quelque chose, avec Maurice Nadeau en vieux mage bourru et Valérie Taillefer dans le rôle de la petite fée Clochette. « Va voir Nadd-hô, fils. Il est le talisman, la mémoire, le gardien de nos traditions les plus sacrées. » Ou peut-être plus *Rocky*, version cérébrale : « armé de son tableur, le jour, il se bat avec les flux tendus ; mais c'est avec son traitement de texte, la nuit, qu'il percute les périphrases. Sa seule force : croire en lui-même. » Au lieu de ça j'ai été bêtement franc, voire agressif ; il ne faut pas s'attendre à des miracles, si on ne nous explique pas le concept. C'est vrai que j'aurais dû me procurer le magazine, mais je n'ai pas eu le temps (on notera que *Capital* est surtout lu par des chômeurs, ce qui n'arrive pas tout à fait à me faire rire).

Autre malentendu troublant, plus tard, dans une des bibliothèques municipales de Grenoble. Contre toute attente, la politique de promotion de la lecture chez les jeunes s'avère un succès local. Beaucoup d'interventions dans le registre : « Hé, m'sieu l'écrivain, tu me donnes un message, tu me donnes de l'espoir ! ». Stupéfaction des écrivains attablés. Pas de refus de principe, d'ailleurs ; ils se souviennent peu à peu qu'en effet, une des missions possibles de l'écrivain, en des temps très anciens... mais comme ça, oralement, en deux minutes ? « Y'a pas marqué Bruel » grommelle quelqu'un dont j'ai oublié le nom. Enfin, eux au moins semblent avoir lu.

Heureusement, sur la fin, intervention précise, lumineuse, honnête de Jacques Charmetz, créateur du festival de Chambéry (au temps pas si lointain où le premier roman était plus qu'un concept) : « Ils ne sont pas là pour ça. Demandez-leur si vous voulez une certaine forme de vérité, qu'elle soit allégorique ou réelle. Demandez-leur si vous voulez de mettre à vif les plaies, et si possible d'y rajouter du sel. » Je cite de mémoire, mais, quand même : merci.

À quoi servent les hommes ?

« Il n'existe pas. Tu comprends ? Il n'existe pas.
– Oui, je comprends.
– Moi, j'existe. Toi, tu existes. Lui, il n'existe pas. »

Ayant établi la non-existence de Bruno, la femme de quarante ans caressa doucement la main de sa compagne, beaucoup plus jeune. Elle ressemblait à une féministe, du reste elle portait un pull-over de féministe. L'autre semblait chanteuse de variétés, à un moment donné elle a parlé de galas (ou peut-être de galères, je n'ai pas très bien compris). Avec son petit cheveu sur la langue, elle s'habituait lentement à la disparition de Bruno. Malheureusement, en fin de repas, elle tenta d'établir l'existence de Serge. Pull-over se crispa avec violence.

« Je peux t'en parler encore ? demanda l'autre timidement.
– Oui, mais abrège. »

Après leur départ, j'ai sorti un volumineux dossier de coupures de presse. Pour la vingtième fois en quinze jours, j'ai tenté d'être terrorisé par les perspectives offertes par le clonage humain. Il faut dire que ça part mal, avec la photo de cette brave brebis écossaise (qui en plus, on a pu le constater au journal de TF1, bêle avec une stupéfiante normalité). Si le but recherché était de nous faire peur, il aurait été plus simple de cloner des araignées. J'essaie d'imaginer une vingtaine d'individus disséminés à la surface de la planète, porteurs du même code génétique que le mien. Je suis troublé, c'est vrai (d'ailleurs même Bill Clinton est troublé, c'est dire) ; mais terrorisé, non, pas exactement. Est-ce que j'en serais venu à ricaner de mon code génétique ? Pas ça non plus. Décidément, troublé est le mot. Quelques articles plus loin, je me rends compte que le problème n'est pas là. Contrairement à ce qu'on répète bêtement, il est faux de prétendre que « les deux sexes pourront se reproduire séparément ». Pour l'instant la femme reste, comme le souligne avec pertinence *Le Figaro*, « incontournable ». L'homme par contre, c'est vrai, ne sert à peu près plus à rien (ce qui est d'ailleurs vexant dans l'histoire, c'est ce remplacement du spermatozoïde par une « légère décharge électrique » ; ça fait un peu bas de gamme). Au fond, plus généralement, à quoi servent les hommes ? On peut imaginer qu'à des époques antérieures, où les ours étaient nombreux, la virilité ait pu jouer un rôle spécifique et irremplaçable ; aujourd'hui, on s'interroge.

La dernière fois que j'ai entendu parler de Valérie Solanas, c'était dans un livre de Michel Bulteau, *Flowers* ; il l'avait rencontrée à New York en 1976. Le livre est écrit treize ans plus tard ; la rencontre l'a visiblement secoué. Il décrit une fille « à la peau verdâtre, aux cheveux sales, vêtue d'un blue-jean et d'un treillis crasseux ». Elle ne regrettait pas du tout d'avoir tiré sur Warhol, le père du clonage artistique : « Si je revois ce salaud, je suis fichue de recommencer. » Elle regrettait encore moins d'avoir fondé le mouvement SCUM *(Society for Cutting Up Men),* et se préparait à donner une suite à son manifeste. Depuis, silence radio ; serait-elle morte ? Encore plus étrange, ce fameux manifeste a disparu des librairies ; pour en avoir une idée fragmentaire on est obligé de regarder Arte jusqu'à des tard le soir, et de supporter la diction de Delphine Seyrig. Malgré tous ces inconvénients, ça en vaut la peine : les extraits que j'ai pu entendre sont réellement impressionnants. Et pour la première fois aujourd'hui, grâce à Dolly la Brebis-du-Futur, les conditions techniques sont prêtes pour la réalisation du rêve de Valérie Solanas : un monde exclusivement composé de femmes. (La pétulante Valérie développait d'ailleurs des idées sur les sujets les plus variés ; j'ai noté au passage le « Nous exigeons l'abolition immédiate du système monétaire ». Décidément, c'est le moment de rééditer ce texte.)

(Pendant ce temps, Andy l'astucieux dort dans l'azote liquide, dans l'attente d'une bien hypothétique résurrection.)

L'expérience pourrait être tentée assez bientôt, pour celles que ça intéresse, peut-être sur une échelle réduite ; j'espère que les hommes sauront s'effacer dans le calme. Un dernier conseil, quand même, pour partir sur de bonnes bases : évitez de cloner Valérie Solanas.

La peau de l'ours

L'été dernier, vers la mi-juillet, au journal de 20 heures, Bruno Masure annonça qu'une sonde américaine venait de découvrir des traces de vie fossile sur Mars. Il n'y avait aucun doute : les molécules, datant de centaines de millions d'années, dont on venait de détecter la présence, étaient des molécules biologiques ; on ne les avait jamais rencontrées en dehors des organismes vivants. Ces organismes étaient en l'occurrence des bactéries, vraisemblablement des archéo-bactéries méthaniques. Ceci établi, il passa à autre chose ; visiblement, le sujet l'intéressait moins que la Bosnie. Cette couverture médiatique minimale semble a priori s'autoriser du caractère faiblement spectaculaire de la vie bactérienne. La bactérie, en effet, mène une existence paisible. Empruntant à l'environnement des nutriments simples et peu variés, elle croît ; puis elle se reproduit, assez platement, par divisions successives. Les tourments et les délices de la sexualité lui restent à jamais inconnus. Tant que les conditions restent favorables, elle continue à se reproduire *(Yahvé la favorise devant sa face, et ses générations sont nombreuses)* ; ensuite, elle meurt. Aucune ambition irréfléchie ne vient ternir son parcours limité et parfait ; la bactérie n'est pas un personnage balzacien. Il peut certes arriver qu'elle mène cette tranquille existence dans un organisme hôte (celui par exemple d'un teckel), et que l'organisme en question en souffre, voire en soit radicalement détruit ; mais la bactérie n'en a nullement conscience, et la maladie dont elle est l'agent actif se développe sans entamer sa sérénité. En elle-même, la bactérie est irréprochable ; elle est également parfaitement inintéressante.

L'événement, en lui-même, demeurait. Ainsi, sur une planète proche de la Terre, des macromolécules biologiques avaient pu s'organiser, élaborer de vagues structures autoreproductibles composées d'un noyau primitif et d'une membrane mal connue ; puis tout s'était arrêté, probablement sous l'effet de variations climatiques ; la reproduction était devenue de plus en plus difficile, avant de s'interrompre tout à fait. L'histoire de la vie sur Mars se manifestait comme une histoire modeste. Cependant (et Bruno Masure ne semblait pas en avoir pleinement conscience), ce mini-récit d'un ratage un peu flasque contredisait avec violence toutes les constructions mythiques ou religieuses dont l'humanité fait classiquement ses délices. Il n'y avait pas d'acte unique, grandiose et créateur ; il n'y avait pas de peuple élu, ni même d'espèce ou de planète élue. Il n'y avait, un peu partout dans l'univers, que des tentatives incertaines et en général peu convaincantes. Tout cela était en outre d'une éprouvante monotonie. L'ADN des bactéries retrouvées sur Mars était exactement identique à l'ADN des bactéries terrestres ; cette constatation surtout me plongea dans une tristesse diffuse, tant cette identité génétique radicale semblait la promesse d'épuisantes convergences historiques. Sous la bactérie, en somme, on sentait déjà le tutsi ou le serbe ; enfin, tous ces gens qui se dispersent en conflits aussi fastidieux qu'interminables.

La vie sur Mars, ceci dit, avait eu l'extrêmement bonne idée de s'arrêter avant d'avoir causé trop de dégâts. Encouragé par l'exemple martien, j'entamai la rédaction d'un rapide plaidoyer pour l'extermination des ours. On venait à l'époque d'introduire un nouveau couple d'ours dans les Pyrénées, ce qui provoquait le mécontentement des producteurs de brebis. Une telle obstination à tirer ces plantigrades du néant avait en effet quelque chose de pervers, de malsain ; naturellement, la mesure était soutenue par les écologistes. On avait relâché la femelle, puis le mâle, à quelques kilomètres de distance. Ces gens étaient vraiment ridicules. Aucune dignité.

Comme je m'ouvrais de mon projet exterminateur à la directrice adjointe d'une galerie d'art, elle m'opposa un argument original, d'essence plutôt culturaliste. L'ours, selon elle, devait être préservé, car il appartenait à la mémoire culturelle très ancienne de l'humanité. En fait, les deux plus anciennes représentations artistiques connues figuraient un ours et un sexe féminin. D'après les datations les plus récentes, il semblait même y avoir un léger avantage à l'ours. Le mammouth, le phallus ? Beaucoup plus récents, beaucoup plus ; il ne pouvait même pas en être question. Devant cet argument d'autorité, je m'inclinai. Eh bien soit, allons pour les ours. Pour les vacances d'été je recommande Lanzarote, qui ressemble beaucoup à la planète Mars.

TABLE

Cet ouvrage a été réalisé par la
SOCIÉTÉ NOUVELLE FIRMIN-DIDOT
Mesnil-sur-l'Estrée
pour le compte des Éditions Flammarion
en septembre 1998

Imprimé en France
Dépôt légal : août 1998
N° d'édition : FF 763102 - N° d'impression : 44089